한나의 노래

국립중앙도서관 출판시도서목록(CIP)

한나의 노래 /
장 폴 노지에르 지음 ; 고선일 옮김.
— 서울 : 아침이슬, 2007
p. ;   cm. — (아침이슬 청소년; 009)
원서명: La Chanson De Hannah
원저자명: Nozière, Jean-Paul
ISBN 978-89-88996-80-5 44860 : ₩ 9000
ISBN 978-89-88996-58-4(세트)
863-KDC4   CIP2007003591

LA CHANSON DE HANNAH by Jean-Paul Nozière

Copyright © 1990 by Éditions Nathan, Paris, France pour la 1ère édition
Copyright © 2005 by Éditions Nathan, Paris, France pour la présente édition
Korean translation copyright © 2007 by Ahchimyisul Publishing Co.
This Korean edition published by arrangement with Éditions Nathan
through PK Agency, Seoul.

이 책의 한국어판 저작권은 PK 에이전시를 통해 저작권자와 독점계약한
도서출판 아침이슬에 있습니다.
저작권법에 의해 한국 내에서 보호를 받는 저작물이므로 무단전재와 무단복제를 금합니다.

| 아침이슬 청소년 * 009 |

한나의 노래

장 폴 노지에르 지음 | 고선일 옮김

체리가 빨갛게 익을 때면
명랑한 꾀꼬리들, 장난기 많은 티티새들
모두가 즐거워할 거예요.
아가씨들 마음은 한껏 부풀어 오르고,
연인들은 가슴이 뜨거워질 거예요.
체리가 빨갛게 익을 때면
장난기 많은 티티새들은 더욱더 소란스럽게 지저귀겠지요.

아침이슬 청소년 * 009
한나의 노래

첫판 1쇄 펴낸날 · 2007년 12월 20일

지은이 · 장 폴 노지에르
옮긴이 · 고선일
펴낸이 · 박성규

펴낸곳 · 도서출판 아침이슬
등록 · 1999년 1월 9일(제10-1699호)
주소 · 서울시 마포구 합정동 411-2(121-886)
전화 · 02)332-6106
팩스 · 02)322-1740
이메일 · 21cmdew@hanmail.net

ISBN · 978-89-88996-80-5 44860
ISBN · 978-89-88996-58-4 (세트)

책값은 뒤표지에 있습니다.

차례

1940년
친구 카페 ···10
포드스키 가족의 비밀 ···23
불안한 기운 ···34
프란츠 홍거 중위 ···46
인구 조사 ···63

1941년
체리의 계절 ···74
라디오도 자전거도 가질 수 없어! ···91
부미랑 가족의 탈출 ···106
유대 인 검거 ···127

1942년
아빠의 파란 자전거 ···136
라브리 선생 ···149
이런 사람을 조심하시오! ···156
새로운 포고령 ···168
다윗의 별 ···182
한나의 노래 ···186

• 지은이의 말 ···202
• 옮긴이의 말 ···204

이 이야기는 프랑스 중부 손에루아르 지방의
어떤 가상 도시에서 일어난 일이다.
손에루아르는 광산 지역으로 2차 세계 대전 당시
독일 점령지와 자유 프랑스를 나누던 분계선이 있던 곳이다.

1940년

친구 카페

유난히도 고요했던 그날 오후는 마치 영원히 끝나지 않을 듯 길게 이어졌다. 갑자기 찾아온 더위 때문인지 '친구 카페'를 드나드는 단골손님들의 낮잠도 평소보다 길어지는 듯했다. 단골들이라고 해 봐야 형편이 넉넉지 않은 은퇴자나 실업자들이 고작이었지만.

그날 카페에 하나밖에 없는 대리석 탁자에는 달랑 네 명의 손님만이 앉아 졸린 듯 무기력한 모습으로 블롯이라는 카드놀이를 하고 있었다.

카페 여주인 잔 보주르는 손님이 없는 틈을 타 유리잔을 닦았다. 조금이라도 미심쩍은 자국이 눈에 띄면 그냥 보아 넘기지 못하는 성미 때문에 아페리티프 잔을 하루에 세 번씩이나 반짝반짝 윤이 나도록 닦았지만, 그나마 손님이 없는 날이면 여주인의 수고는 허사가 되고 말았다. 카운터는 말끔히 정돈되어 있었고, 카드놀이를 하는 사람들은 벌써 한 시간이 지나도록 김빠진 맥주잔과 씨름하고 있었다. 맥주 한 잔을 비우기도 힘에 부치다는 듯이!

"룰루, 의자 밑은 다 닦았니?"

여주인의 물음에 아이는 황급히 보고 있던 그림 잡지를 낡은 신문 더미 아래에 쑤셔 넣었다.

"예. 다 했어요, 보주르 아주머니."

"유리창은?"

"방금 전에 식초로 닦아 냈어요."

주인아주머니는 한숨을 쉬었다. 가뜩이나 풍만한 가슴이 분홍색 무명 블라우스 밖으로 터져 나올 듯 더욱 부풀어 올랐다.

"'보주르'라는 그 촌스러운 이름 좀 안 쓰면 안 되겠니! 다른 사람들처럼 '잔 아주머니'라고 부르면 되잖아. 이제 그만 집으로 돌아가거라. 오늘 할 일은 다 끝났다. 어쩌다 세상이 이 지경이 되었는지! 이제는 사람들이 카드놀이를 하러 오지도 않으니……."

"지금은 집에 가고 싶지 않아요, 아주머니. 집에 가 봐야 할 일도 없어요."

"부모님은 도와 드리지 않니? 그런데, 네 아버지는 무슨 일을 하시지?"

루이는 가족 이야기를 하고 싶은 생각이 조금도 없었다. 주인아주머니도 그냥 인사치레로 물어봤을 뿐, 루이의 가정사 따위엔 관심이 없었다. 루이는 얼른 화제를 바꿨다.

"아저씨가 포도주를 가져오신댔어요. 그러면 제가 작은 병에 나눠 담아서……."

"그 양반이 아예 포도주를 만들어 오려나 보다! 떠난 지가 벌써 두 시간이나 지났어!"

잔 아주머니는 굽이 달린 길쭉한 술잔을 햇빛에 비춰 얼룩이 남아 있는지 꼼꼼히 살폈다. 가짜 보석 반지를 낀 통통한 손가락과 두툼한 손바닥 안에 든 술잔은 꽤 투박했음에도 금방이라도 부서질 것처럼 보였다. 아주머니의 얼굴에 만족스러운 미소가 돌며 표정이 환해졌다. 루이는 아주머니의 기분이 풀린 틈을 타 얼른 이렇게 말했다.

"지금 지하실 창고를 정리할까 해요. 빈 상자들이 통로에 널려 있거든요. 아저씨가 걸려 넘어지기라도 하면……."

"아! 그러려무나. 그 양반은 지하실에 틀어박혀 있는 건 죽기보다도 싫어하지. 친구들과 빈둥대는 거라면 모를까."

"다 끝내려면 적어도 한 시간은 걸릴 텐데……."

루이는 말을 하다 말고 담담한 표정으로 아주머니를 바라보았다. 잠시였지만 그 침묵은 그 어떤 요구의 말보다도 웅변적이었다. 잔 보주르는 웃음을 터뜨렸다. 수정처럼 맑은 웃음소리였다. 그처럼 몸집이 큰 여인에게서 저런 소리가 나다니! 그건 차라리 우스꽝스러웠다.

"넌 꼬마치고는 좀 영리한 구석이 있어! 좋아. 저 끔찍한 지하실 창고를 청소해 주겠니? 네가 일을 말끔히 끝내면, 네게…… 얼마를 줘야 하나……? 100수면 되겠니?"

루이는 고개를 끄덕이고는 그림 잡지를 꺼내 들고 지하실로 향했다.

'지하실 청소는 곧 끝나겠지? 그러면 램프 불빛 아래서 조용히 잡지책을 읽어야지. 홀에는 나중에 단골손님들이 온 다음에 올라가도 괜찮을 거고!'

루이는 카운터 안쪽으로 들어가 지하실로 통하는 나무 계단과 연결된 바닥 문을 들어 올렸다. 루이가 막 첫 번째 계단에 발을 내려놓으려는 찰나 독일군 병사 한 사람이 카페 문을 열고 들어왔다. 루이는 지하실 청소를 하겠다고 자청한 것이 후회스러웠다. 전에는 독일 사람을 본 적이 없었으므로 하루가 다르게 늘어 가는 독일군을 가까이에서 관찰하고 싶었던 것이다. 더듬거리는 프랑스 어, 지나치게 강한 악센트……. 독일군들이 프랑스 어로 말을 할 때마다 루이는 터져 나오는 웃음을 참을 수 없었다.

루이가 독일군들에게 관심을 갖게 된 데에는 다른 이유도 있었다. 독일군 장교들의 긴 다리를 감싸고 있는, 반들반들 윤이 나는 검정색 장화를 한 켤레 훔칠 계획이었던 것이다!

이 도시를 점령한 독일 군대는 시내 한가운데에 있는 팔라스 호텔에 군사령부를 설치했다. (나치의 상징인 만卍자형 문양이 그려진 커다란 독일 국기를 어떻게 알아보지 못할 수가 있겠는가?) 그러나 루이는 자기가 사는 작은 도시에서 하루가 다르게 일어나고 있는 변화를 거의 알아채지 못했다. 프랑스가 전쟁에서 패

배했다거나, 독일군이 프랑스를 점령하기 시작했다는 사실 따위에는 관심이 없었던 것이다.

  나이에 비해 영악한 구석이 있는 루이는 자기 집이 있는 탄광촌과 '친구 카페'가 있는 시내 중심가를 오가며 시간을 보냈다. 갖가지 가게, 구경꾼들, 멋진 건물들이 있는 시내 중심가는 무척 매력적인 곳이어서 루이는 틈만 나면 그곳으로 달려가곤 했다. 집에서 시내까지는 1킬로미터쯤 떨어져 있었지만 하루에도 수차례씩 두 곳을 오갔다. 학교 수업이 많은 날도 예외는 아니었다.

  탄광촌에는 주로 폴란드에서 온 사람들이 거주했고, 그 이웃에 있는 몇 채의 허름한 가옥에는 소수의 러시아 사람들이 살고 있었다. 가난하지만 자존심 강한 러시아 인들은 틈만 나면 자기들 조국의 비참한 처지를 한탄했다. 검은색 돌로 지어진 똑같은 모양의 집들은 아스팔트를 치지 않은 일직선 도로를 사이에 두고 양쪽으로 나란히 늘어서 있었다. 탄광촌 사택들은 아주 사소한 부분까지도 모양이 똑같았다. 그곳에 거주하는 광부들은 하다못해 덧문 색깔 하나도 자유롭게 선택할 수 없었고 (한결같이 초록색이었다.), 석탄 공사가 허가한 나무 외에는 꽃나무 한 그루조차 마음대로 심을 수 없었다.

　루이는 비가 오기만 하면 진흙탕이 돼 버리는 탄광촌 골목에서 어슬렁거리는 게 싫었다. 또, 폴란드 말과 서투른 프랑스 말을 뒤섞어 가며 어디가 시작이고 어디가 끝인지 모를 엉성한 문장으로 말을 더듬거리는 '폴란드 놈'들도 딱 질색이었다. 어느새 10센티미터쯤 훌쩍 커 버려 또래 애들보다 훨씬 숙성해 보이게 된 뒤로 루이를 폴란드 놈이라고 놀리는 아이는 하나도 없었다. 게다가 하루에도 몇 번씩 탄광촌과 시내를 달린 덕인지 허벅지에도 근육이 울룩불룩 잡혀 어른들도 함부로 대하지 못할 만큼 힘이 세 보였다.

　학교 선생님들도 가급적이면 '폴란드 인'이라는 말을 쓰지 않으려 했다. 어쩔 수 없이 그 말을 써야 할 때에는 째려보는 듯한 루이의 시선과 부딪치지 않으려 애를 썼다.

　언젠가 루이가 아버지에게 이런 질문을 했다.

　"우리는 지금 프랑스에 사니까 폴란드 인이 아니죠?"

　아브라함 포드스키는 곧바로 대답하지 않았다. 그는 한참 동안 뜸을 들인 뒤, 마치 아들의 호기심 때문에 성가시다는 듯 단어 하나하나에 힘을 주며 대답했다.

"루이, 넌 여기서 태어났으니까 프랑스 인이야. 네 이름은 루이고……. 네 엄마와 난……. 난 광부고, 네 엄마는 광부의 아내고, 폴란드는…… 폴란드는…….."

할 말이 생각나지 않은 듯 손으로 몇 차례 허공을 가르는 아버지의 입가에 잠시 씁쓸한 미소가 맴돌았다.

"폴란드라는 말을 절대로 입 밖에 내선 안 된다. 과거는 이미 다 지나간 거야. 중요한 건 앞으로의 일이지. 우리에겐 너의 미래가 가장 중요하단다."

루이는 아버지의 말씀대로 탄광촌과 탄광촌 사람들을 멀리했다.

몇 달 전, 루이는 여느 때처럼 시내를 어슬렁거리다가 우연히 '친구 카페'에 들어가게 되었다. 아직 어린 꼬마가 그런 장소에 들어와 있는데도 눈여겨보는 사람이 없었다. 그래서 루이는 몇 시간 동안 느긋하게 카드 게임을 구경하며 손님들 사이에 오가는 이야기를 들었다. 다음 날도, 또 그 다음 날도……. 루이는 날마다 그곳을 찾았고, 그러다 보니 어느 새 '친구 카페'는 루이의 두 번째 가족이 되었다. 이제 루이는 그곳을 드나드는 손님들 모두를 알게 되었고, 손님들도 루이를 친근하게 대했다. 게다가 카페의 갖가지 잔심부름을 하게 되면서 수고비로 얼마간의 돈도 받게 되었다. 그렇게 카페에 머무르는 동안, 루이는 어른들이 주고받는 이야기를 통해 사실인지 헛소문인지 분간이 안 되는 수많은 것들을 알게 되었고, 집에 돌아와서는 잠들기 전까지 그것들을 다시 한 번 곰곰이 생각해 보곤 했다.

벌써 몇 달 전부터, '친구 카페'의 단골손님들 입에 가장 자주 오르내리는 주제는 전쟁이었다. 그리고 얼마 전부터는 손님들이 좀 긴장된 얼굴로 프랑스가 전쟁에서 패했다는 이야기를 꺼내기 시작했다. 손님들은 루이를 '룰루'라고 불렀다. 그렇지만 루이의 성이 무엇인지 아는 사람은 아무도 없었고, 주인 부부도 이 '꼬마'가 같은 동네에 사는 아이인 줄 알고 있었다.

이처럼 루이 포드스키는 서로 1킬로미터나 떨어져 있고 분위기도 아주 다른 두 세계를 오가며 지냈다. 하지만 탄광촌에서도, 카페에서도 사람들과 어울리지 못하고 늘 겉돌았다.

그날 저녁, 루이는 카페를 나서자마자 뛰기 시작했다. 부모님은 아들이 낮 동안에 어디서 시간을 보내는지 좀처럼 묻지 않았다. 오히려 아들이 탄광촌에서 어슬렁거리지 않는 걸 반기는 듯했다. 하지만 해가 지기 전까지는 반드시 집에 돌아와야 했다. 어쩌다 밤중에 집 밖으로 나가고 싶으면, 루이는 퓌-마리 거리로 곧장 나 있는 침실 창문을 뛰어넘었다.

거리에 있는 가게들은 대부분 닫혀 있었다. 가게의 육중한 덧문에는 '휴가 중', '상중喪中입니다', '내부 수리 중' 같은 엉터리 문구들이 적힌 쪽지가 붙어 있었다. 사실 가게 주인들은 몇 달 전 독일 군대가 이 도시로 들어오기 직전에 가게 문을 닫고 어디론가 피신한 터였다. 그중에는 독일군에게 붙잡혀 독일로 끌려간 사람들도 있었다.

루이는 날마다 이맘때쯤이면 퇴근해서 거리로 쏟아져 나오는 행인들과 자전거 행렬을 요리조리 피하며 걸음을 재촉했다. 집으로 돌아가는 그 시간이 지루한 적은 없었다. 장난거리는 얼마든지 있었다. 자전거를 타고 가는 사람들 중에서 아무나 하나 골라 저 뒤쪽에 물건을 떨어뜨렸다고 이야기하면, 그 사람은 즉시 자전거를 세우고 뒤쪽 짐받이를 살펴본 다음 호주머니를 샅샅이 뒤졌다. 마침내 잃어버린 물건이 없다는 걸 확인하고 영문을 모르겠다는 듯 어깨를 으쓱할 때 즈음이면 루이는 이미 저 멀리 줄행랑을 친 뒤였다.

그뿐이 아니었다. 루이는 간혹 독일군 병사와 마주치기라도 하면 열 걸음쯤 물러선 다음 극히 정중한 목소리로 야유를 퍼부었다.

"망할 자식아! 히틀러!"

아직까지 프랑스 말로 퍼붓는 욕설이나 야유를 알아듣는 독일군을 만나지 않은 게 천만다행이었다.

루이는 히틀러가 독일의 최고 통치자쯤 되는 모양이라고 어렴풋이 짐작할 뿐이었다. 프랑스가 전쟁에 패한 뒤로 프랑스 사람이라면 누구나 히틀러를 미워했지만, 부모님은 히틀러라는 이름을 한 번도 입에 올린 적이 없었다. 하긴 다른 나라 국가 원수에 대해서도 말하는 법이 없었지만 말이다.

1940년 8월 어느 날, 이렇게 시내 거리를 달려가고 있을 때만 해도, 루이는 그 전쟁이 앞으로 자신의 삶을 온통 뒤흔들어 놓으리라고는 상상도 하지 못했다. 그러나 시내에는 감지할 수도, 이해할 수도 없는 변화가 서서히 일어나고 있었고, 이것은 결국 루이의 삶을 뒤바꿔 놓을 터였다.

그날 숨을 헐떡이며 부엌으로 들어간 루이는 무언가 심상치 않은 기운을 느꼈다. 저녁 식사의 주된 메뉴인 우유를 넣은 커피와 버터 바른 빵 조각, 감자 요리를 준비하느라 바쁘실 어머니 모습을 떠올리며 집 안으로 들어가 보니, 아버지가 아직도 집에 계셨다. 저녁 여섯 시 반이면, 광부들은 벌써 갱내 운반차를 타고 지하 갱도로 내려가 있을 때였다. 그 시간에 아버지가 집에 계신 것도 이상했지만, 두 분이 폴란드 말로 이야기를 주고받는 모습은 더욱 수상쩍었다.

집에서는 폴란드 말을 쓰지 않기로 했던 까닭에 루이는 폴란드 말을 한 마디도 알아듣지 못했다. 포드스키 부부는 1930년에 프랑스로 건너온 뒤로 악착같이 프랑스 말을 배웠다. 그리고 다섯 달 후 루이가 태어나자, 아브라함 포드스키는 프랑스 말만 쓰기로 결정했다. 아들이 폴란드 말을 아예 들을 수 없도록 하기 위해서였다.

하지만 아브라함 자신이 약속을 잊어버리는 경우가 가끔 있었다. 그런 일은 거의 없었지만 어쩌다 한 번 부부 싸움을 할 때면 저도 모르게 폴란드 말이 튀어나왔던 것이다. 언젠가 갱내에서 가스 폭발 사고가 일어나 광부 두 사람이 처참하게 목숨을 잃었을 때에도 아브라함은 화가 나서 폴란드 말로 욕을 퍼부었다. 그때 루이는 아주 어렸지만 아버지가 석탄 공사 책임자들을 비난하고 있다는 걸 짐작할 수 있었고, 폴란드 말에도 험한 욕설이 꽤 많다는 사실을 알게 되었다.

포드스키 가족의 비밀

부엌 안은 숨이 막힐 듯 더웠다. 창문도 덧문도 꼭꼭 닫힌 비좁은 부엌은 어둠침침하고 비밀스러운 고해실 같은 분위기를 풍기고 있었다. 가냘프고 체구도 자그마한 어머니 한나 포드스키는 평소 수다스러운 편이었지만, 그날 저녁에는 한 마디 대꾸도 없이 남편이 하는 말을 묵묵히 듣고만 있었다. 평소에는 과묵하고 무뚝뚝한 남편의 말을. 식탁을 사이에 둔 채 서로 마주 보고 앉은 두 사람은 마치 유리 진열장의 마네킹들처럼 꼼짝도 하지 않았다. 한나는 얼마나 당황했던지 부엌칼이 무슨 촛대라도 되는 것처럼 위로 치켜들고 있었고, 그 앞에는 껍질을 벗기다 만 당근이며 감자들이 어지럽게 널려 있었다. 아브라함으로부터 죽어서 천국에 갈 때에도 빗자루를 들고 갈 사람이라는 농담을 듣곤 하던 한나가.

루이가 부엌으로 들어섰을 때 부모님은 넋이 나간 표정을 짓고 있었다. 들고 있던 칼을 황급히 탁자 위로 내려놓는 어머니의 초록빛 눈동자도 생기를 잃은 듯했다.

"이리 와서 앉아라, 루이. 할 얘기가 있다."

아브라함이 먼저 말을 꺼냈다.

루이는 평소와 다른 아버지의 진지한 어조에 놀라 찬장과 석탄 보관함 사이에 있는 자기 자리로 가서 앉았다. 하지만 아브라함은 루이가 알아듣지 못하는 폴란드 말로 이야기를 계속했다. 그의 입술이 가볍게 떨렸다. 한번 터져 나오면 걷잡을 수 없을 것 같은 예감이 들었는지, 아브라함은 화를 억누르려는 듯 단단히 팔짱을 낀 채로 앉아 있었다. 평소 아브라함은 좀처럼 감정을 밖으로 드러내는 일이 없었다. 그렇게 무뚝뚝한 표정 때문인지, 아니면 사람들과 어울리기를 좋아하지 않는 성격 탓인지 아브라함은 친하게 지내는 사람도 거의 없었다. 아브라함의 이런 독불장군 같은 성격 때문에 한나가 갖은 노력을 했음에도 포드스키 가족은 광부촌 안에서 따돌림을 당했다. 어떤

이들은 포드스키 가족을 '잘난 프랑스 인들'이라 빈정대기도 했다.

아버지는 작업복이 아니라 사계절 가리지 않고 늘 집에서 입는, 투박한 코르덴 천으로 된 바지와 체크무늬 셔츠 차림이었다.

이윽고 아브라함 포드스키가 아들에게 고개를 돌렸다. 쉰 듯한 목소리 때문에 무슨 말인지 알아듣기가 어려웠다.

"네게 할 말이 있단다……."

아브라함은 말을 하다 말고 다시 입을 다물었다. 이 부자는 꽤 오래전부터 뭔지 모를 거북함과 조심스러움 때문에 서로 거리감을 느끼고 있었다.

아브라함은 그동안 '내 집에 웬 낯선 사람이 들어와 있지?'라는 투의, 좀 뜨악한 얼굴로 아들을 대했다.

루이는 아버지가 진지한 어조로 똑같은 말을 두 번씩이나 되풀이하며 평소와 다른 모습을 보이자 어리둥절했다. 태어났을 때부터 줄곧 엄마 혼자서 너를 길렀다는 말을 자주 들어온 터였다. 아브라함은 아들에게 말을 거는 일도 거의 없었고, 아들의 교육에도 관여하지 않았다. 딱 한 번 아브라함이 긴 연설로 아들을 훈계한 적이 있었다. 수업 시간에 돋보기와 햇빛만으로도 불을 피울 수 있다는 선생님의 말을 들은 루이가 집으로 돌아와 곧바로 실행에 옮긴 실험 때문이었다. 그때 큰불이 나는 바람에 수확을 앞둔 100아르의 밀밭이 잿더미로 변해 버리고 말았던 것이다.

아브라함이 세 번째로 같은 말을 반복했다.

"네게 할 말이 있어."

아브라함은 흘끗 아내를 쳐다보고는 얼른 말을 바로잡았다.

"네 엄마와 내가 네게 할 말이 있어. 이제부터 내가 하는 이야기를 잘 들어야 한다. 넌 아직 어린애야. 그래서…… 그래서……."

아브라함은 여기저기 긁히고 깨진 손톱에 짧고 뭉툭한 손가락이 달린 두툼한 손을 비벼 댔다. 그러자 한나가 한 마디 거들었다.

"사실대로 분명히 말하세요. 이제는 루이도 어린애가 아니에요. 진작 말해 줬어야 하는 건데……."

아브라함은 마음을 다잡으려는 듯 잠시 눈을 감았다. 석탄처럼 시커멓고 숱이 많은 속눈썹 탓에 그의 눈꺼풀이 더욱 무거워 보였다. 다시 눈을 뜬 아브라함은 이번에는 아들의 눈을 뚫어져라 바라보았다. 그것은 무언의 간청, 말주변 없는 아버지가 이제부터 하려는 말을 아들이 잘 이해해 주기를 바라는 무모한 희망이었다.

"오늘 낮에 탄광 책임자가 나를 부르더니 내가 유대 인인지 묻더구나."

"유대 인이 뭐예요?"

루이가 불쑥 아버지의 말에 끼어들었다.

아브라함은 두 손으로 얼굴을 감쌌다. 한나는 이번에는 남편을 거들지 않았다. 아니, 오히려 남편을 책망했다.

"지금 우리 처지가 어떤지 아직도 모르겠어요? 이제 와서 숨긴들 무슨 소용이 있어요? 모든 게 엉망이 돼 버렸는데……."

아브라함은 폴란드 말로 욕설을 한 마디 내뱉고는 말을 계속했다.

"넌 유대 인이란다, 네 엄마와 나도 그렇고. 유대 인이 뭐냐 하면……, 그건 유대교라는 종교를 믿는 사람이란 뜻이야."

"그럼, 유대교가 뭐예요?"

부엌 안에 무겁게 드리워진 침묵은 가족 간의 다툼보다 더 무섭게 세 식구를 갈라놓고 있었다. 끈적끈적한 설탕물 덫에 빠진 말벌 한 마리가 허우적대며 윙윙 소리를 냈다. 말벌은 가까스로 접시 끝으로 기어 나오는가 싶더니 무거워진 날개 때문에 이내 설탕물 속으로 빠져들었다. 아브라함의 얼굴은 백지장처럼 창백했고, 한나는 간신히 울음을 참아 내고 있었다. 평소와 다른 부모님의 모습에 루이는 무척 당황스러웠다. 내게 뭔가를 조심하라고 말하시려는 것 같은데! 무엇 때문에 저렇게 걱정하시는 걸까? 도대체 무슨 말을 하려는 거야?

"잠자코 내가 하는 말을 잘 들어."

아브라함이 다시 말을 시작했다.

그러고는 한나를 쳐다보며 단호하게 말했다.

"알았어. 내가 잘못했어! 유대교가 뭐냐 하면……, 그건 우리가 믿는 무언가를 가리키는 말이야. 그건 바로 하느님이지. 그건 이런 몇 마디 말로 설명할 수 있는 게 아니야! 차차 이야기해 줄게. 오늘은, 우선 급하니까 간단히 말하마. 우리 가족은 유대인이야. 이게 오늘 네게 해 주고 싶은 말이야. 네 엄마와 내가 프랑스로 건너왔을 때, 우리는 과거를 모두 잊기로 했단다. 널 위해서였지. 우리가 폴란드를 떠난 건 일자리 때문만은 아니었어. 우리가 살던 도시, 피오트르쿠프의 폴란드 인들은 유대 인을 싫어했어. 그래서 우린 그 사람들을 피해 폴란드 땅을 떠났던 거야. 네가 태어났을 때, 우리는 네게 루이라는 이름을 지어 주고 프랑스 말을 가르쳤어. 널 프랑스 사람으로 키우고 싶어서였지. 그러면서 우리가 유대 인이란 것도 잊으려 애썼어. 하지만 그게 쉬운 일은 아니었어. 천만에! 결코 그렇지 않았지……."

아브라함은 한숨을 쉬었다. 그러고는 두툼한 손으로 숱이 많고 곱슬곱슬한 머리카락을 쓸어 넘겼다.

"모든 일이 잘되는가 했는데……."

아브라함이 중얼거렸다. 그러고는 낯을 찡그리며 설탕물 속에서 버둥거리는 말벌을 물끄러미 바라보았다.

루이는 아직도 뭐가 뭔지 이해할 수 없었다. 유대 인이어서 뭐가 잘못됐다는 거지? 루이는 오히려 '폴란드 놈'으로 태어나지 않은 게 고마워서 부모님께 인사라도 하고 싶을 정도였다. 아버지가 하는 말을 잘 알아듣진 못했지만, 그동안 부모님이 왜 그렇게 자신의 학교 성적에 관심이 많았는지 어렴풋이 짐작할 수 있을 것 같았다.

루이는 식탁으로 다가가 자리를 잡고 앉았다.

이번에는 아브라함 대신 한나가 말을 시작했다. 한나의 떨리는 목소리에도 평소와 다른 긴장감이 서려 있었지만, 루이는 이를 눈치 채지 못했다.

"독일군이 전쟁에서 이겼어. 독일 사람들은 폴란드 사람들보다도 훨씬 더 유대 인을 미워한단다. 내가 하는 말이 무슨 뜻인지 잘 모를 거야. 간단히 말하면, 앞으로 독일 사람들이 우리를 더욱 고통스럽게 할지도 모른다는 뜻이야."

"독일 사람들은 왜 유대 인을 미워하죠?"

"나도 잘 몰라. 아마 그들 자신도 잘 모를 거야. 이게 다 그 미친놈 때문이야."

"누구요?"

"그게 누군지 알아봐야 무슨 소용이 있겠니!"

화가 난 목소리로 한나가 말했다.

"그런데, 아빠는 왜 유대 인이라고 털어놓으셨어요?"

루이가 아버지에게 물었다.

아브라함은 자조하는 듯한 웃음을 지었다.

"아브라함이라는 이름 때문이지! 그 이름이 유대 인이라는 표시야. 그동안 유대 인이란 걸 숨기려고 갖은 노력을 했지만, 아브라함이라는 이름을 갖고 있다는 건 까맣게 잊고 있었어.

내가 어리석었지! 하지만 넌 안심해도 좋아. 루이라는 이름은 그렇지 않으니까. 탄광 책임자도 그렇게 나쁜 사람은 아닐 거야. 독일군 사령부에서 유대 인 광부 명단을 제출하라는 명령이 왔으니, 그 명령을 따를 수밖에 없었겠지. 광부들 중에 유대인은 네 명뿐이었어. 앞으로 해고되지나 않을지 그게 걱정이구나."

"그건 부당해요!"

루이가 화가 나서 소리쳤다.

아브라함은 체념한 듯이 담담하게 말을 계속했다.

"그래. 그건 부당한 일이란다, 내 아들아! 하지만 독일군들이 여기 주둔하고 있는 한, 우리는 부당한 일을 더 많이 겪게 될지도 몰라. 욕지거리, 멸시, 어쩌면 감옥에 갇히는 일까지도 말이야……."

아들아! 무척이나 오랜만에 들어보는 말이었다! 루이는 갑작스러운 아버지의 다정한 말 한 마디에 놀라 미처 '감옥'이라는 말을 듣지 못했다.

포드스키 가족은 그 어느 때보다도 가까워진 듯했다. 위기가 곧 닥쳐오리라는 건 분명했다. 그러나 아들에게 모든 사실을 알리고 난 한나와 아브라함은 무거운 짐을 벗어 버린 듯 홀가분해 보였다. 루이는 그게 어떤 위험인지, 또 얼마나 큰 위험인지 깨닫진 못했지만, 아무튼 지금 이 상황이 얼마나 심각한지 조금은 알 것 같았다. 굳어 있던 한나의 표정도 한결 누그러졌다. 한나는 여러 차례 눈짓을 하며 말했다.

"잘 들어…… 루이……. 이제부터 아버지가 하시는 말씀을…… 잊으면 안 돼. 절대로."

아브라함은 몇 번 헛기침을 했다.

"루이, 네가 유대 인이란 걸 절대로 인정해선 안 된다. 누가 물어봐도 네가 유대 인이라고 대답하지 말란 말이야. 거짓말이지만 할 수 없어. 누가 널 위협해도, 엄청난 상금을 준다 해도 절대 사실대로 말하지 마라. 그리고 앞으로 혹시 누가 네 아버지 이름을 묻거든, '뤼시앙' 이라고 대답하거라. 마음을 단단히 먹어야 해. 앞으로는 여기저기서 유대 인이란 소리가 들릴 거야. 그리고, 유대 인이라는 말이 욕지거리처럼 쓰일 거야. 무슨 일이 있어도 '포드스키' 라는 성을 입 밖에 내서는 안 된다. 지금 이 순간부터 넌 루이 포드스키가 아니라 그냥 루이야……. 내 말 알아듣겠니?"

아브라함의 갈색 눈동자가 아들의 눈을 뚫어져라 바라보고 있었다.
"알았어요, 아빠. 제 이름은 루이예요. 루이 포드스키가 아니라 그냥 루이."

불안한 기운

루이 포드스키는 유대 인이라는 게 일종의 병, 병명도 모르고 증상이 드러나지도 않지만 아무튼 함부로 털어놓아서는 안 되는 질병이라는 사실을 곧 깨달았다.

"루이, 절대로, 절대로 유대 인이라는 걸 밝혀선 안 된다. 절대로 성을 말해선 안 돼!"

아버지 아브라함이 그 사실을 알려 주던 날 밤, 루이의 어머니 한나는 아들에게 잘 자라는 인사를 한다는 구실로 루이의 방으로 들어와 침대 가장자리에 걸터앉았다.(사실 이런 일은 지금까지 단 한 번도 없었다.) 한나는 여러 차례 머뭇거리다가 결국 루이도 할례*를 받았다는 사실을 털어놓았다. 아브라함은 아들을 유대 인으로 키우고 싶지 않았지만 사내아이가 인생에 첫발을 들여놓았음을 축하하는 유대교 의식까지 무시하지는 못했던 것이다. 한나는 아들에게 할례를 받는 건 유대 인뿐이니까 남들이 보는 데서 옷을 벗어서는 안 된다고 단단히 일렀다.

'세상에 그런 충고를 하다니! 남들 앞에서 옷을 발가벗는 사람이 어딨담!'

아무튼 어머니에게 들은 이야기는 놀라웠고, 그 뒤로 루이는 하루에도 몇 번씩 화장실에 들어가 자신의 성기를 들여다보곤 했다. 이렇게 조그만 물건 때문에 유대 인을 미워한다고! 그런 생각을 하다 보면 눈에서 눈물이 날 만큼 웃음이 터져 나왔다. 때로는 바지를 내리고 성기를 향해 못된 유대 인이라 부르며 놀려 대기도 했다.

"그런데 엄마, 여자들은……? 그럼, 엄마는 유대 인이 아니에요?"

한나는 아버지를 닮아 까맣고 곱슬곱슬한 아들의 머리카락을 말없이 쓰다듬었다. 그러고는 아들의 이마에 입을 맞추고

---

*유대교나 이슬람교에서 행하는 종교 의식으로 사내아이의 음경 표피를 일부 잘라 내는 행위를 가리킨다.

방을 나갔다.

유대 인 여자는 어떻게 알아보지? 루이는 그게 궁금했다.

'친구 카페'의 분위기가 점점 달라지고 있었다. 시내에는 하루가 다르게 독일군의 수가 늘어 갔다. 독일군 수송차들이 늘 도로를 가득 메웠고, 거리에서 군복 입은 독일군 병사들을 마주치는 일도 드물지 않았다. 카페에서도 종종 독일군을 볼 수 있었다.

루이는 아버지에게 '프랑스 사람들'과 어울려 지내는 게 좋다는 말을 들은 뒤로 학교 수업이 끝나는 즉시 카페로 달려갔다. 주인아저씨는 홀에 테이블을 몇 개 더 들여놓았다. 하지만 카드놀이를 하는 손님들과 독일군이 어울리는 일은 좀처럼 일어나지 않았다. 어쩌다 한쪽이 다른 쪽 사람들을 곁눈질하다가도 혹시 시선이라도 마주치면 곧 무표정한 얼굴이 되어 다른 곳으로 시선을 돌렸다. 프랑스가 전쟁에서 패배했다는 소식은 벌써 오래전부터 사람들의 입에 오르내린 터라 이제는 사람들의 관심에서 멀어져 있었다. 그보다는 '못된 독일 놈들' 때문에 점점 부족해지는 식량이 주된 이야깃거리였다. 혹시 '못된 독일 놈'이 카페 안으로 들어오면 사람들은 곧 대화를 중단하거나 시시한 잡담으로 말머리를 돌렸다.

그런데 그로부터 얼마 지나지 않아 사람들은 먹고사는 문제보다도 유대 인에게 더 큰 관심을 갖기 시작했다. 가장 먼저 그 이야기를 꺼낸 사람은 세무서에 다니다가 은퇴한 비엘로 씨였다. 어느 날 카페로 들어온 그는 평소와 다름없이 술꾼다운 그 커다란 배로 대리석 탁자를 밀치며 주사위 놀이판을 갖다 달라고 했다. 친구가 없는 비엘로 씨는 늘 혼자서 주사위 게임을 하며 무료함을 달래곤 했다. 루이는 비엘로 씨에게 갖다 줄 음료를 준비했다. 그날도 손님이 거의 없어서 '친구 카페'에는 적막감마저 감돌고 있었다. 바로 그때, 비엘로 씨가 큰 소리로 말했다.

"독일군이 유대 놈들의 기를 팍 꺾어 놓을 날도 이제 얼마 남지 않았어."

아직은 한낮이었다. 블롯 게임을 하는 네 사람만이 알록달록한 나무 칩을 두고 서로 다투던 중이었다.

"하여튼 독일 놈들은 알아줘야 해!"

귀스타브 쇼노 씨가 투덜거렸다. 군인 연금으로 살아가는 쇼노 씨는 매일 카페에 출근하며 베르됭* 전투에서 잃은 한쪽 다리 덕분에 정부로부터 받는 보상금을 축내고 있었다.

"이번에는 다를 거요. 정확한 소식을 알고 있는데……, 내 말을 믿어도 좋아요! 며칠만 있으면 유대 인들이 혼 좀 날 거요. 남쪽 자유 지역에서는 벌써 페탱 원수**가 작업에 착수했대요!"

비엘로 씨는 자기 말이 옳다는 것을 증명하려는 듯 공직에 있는 사람들과의 친분을 다시 한 번 과시했다. 사실 그 때문에 '친구 카페'를 드나드는 사람들은 비엘로 씨에게서 무언가 새로운 소식을 듣고 싶어 했다.

이번에는 시르맹 형제가 목소리를 높였다. 이 쌍둥이 형제는 누가 누군지 분간이 안 될 정도로 너무 닮아서 아무도 그들을 구분하지 못했다.

"사방에 그 더러운 족속들 천지야."

---

*프랑스 북동부에 있는 도시. 1차 대전 때 프랑스와 독일이 이곳에서 전투를 벌여 수많은 사상자를 낸 것으로 유명하다. 1차 대전에서 독일의 기세를 꺾고 전세를 바꾼 결정적인 싸움이었다.

**앙리 페탱(1856~1951). 프랑스의 장군. 1차 대전 때 베르됭 전투를 승리로 이끌면서 국민적 영웅이 되었지만, 2차 대전 중 나치에 협력한 비시 정부의 수반을 맡으면서 명예가 실추되었다. 해방 후, 금고형을 선고받고 감옥에서 복역하던 중 사망했다. 2차 대전 당시 독일과 협조하며 프랑스 남부 자유 지역을 통치했다.

쌍둥이 형제 중 하나가 말했다.

"맞아. 없는 데가 없어."

나머지 형제가 거들었다.

블롯 게임을 하던 또 다른 한 사람, 동네 아이들에게 피아노 교습을 하며 근근이 살아가는 피아노 선생이 조심스럽게 탁자 한가운데에 카드를 내려놓았다.

피아노 선생은 크게 화가 난 듯, 반창고를 붙여 대충 수선한 두꺼운 근시 안경 너머로 눈을 치켜뜨고 비엘로 씨를 노려보았다.

"아니, 당신들이 알고 지내는 유대 인이라도 있소?"

피아노 선생이 비꼬는 투로 물었다.

"없어요. 아니, 몇 명은 알지!"

쌍둥이 형제가 동시에 대답했다.

"나도 몇 명쯤은 알아. 당신도 알다시피 난 국세청의 서류를 만지던 사람이야. 그래서 어떤 놈들이 유대 인인지 짐작할 수 있었지. 페탱 원수가 그놈들을 공직에서 쫓아낸 건 참 잘한 일이야."

비엘로 씨가 화가 난 듯 소리쳤다.

"그럼 유대 인들 때문에 피해를 본 일이라도 있다는 거요?"

피아노 선생도 지지 않고 말을 받아쳤다.

비엘로 씨가 손에 들고 있던 주사위를 세차게 내던지자 주사위들이 바닥에 부딪치며 사방으로 흩어졌다. 그는 거만하게 턱을 치켜세웠다.

"여보쇼, 도레미 선생! 당신 같은 지식인들은 무턱대고 '관용'을 주장하지. 이 세상은 아름답고, 세상 사람은 모두 천사처럼 착하다면서……. 그래서 결국 어떻게 됐소? 단 10주 만에 독일 놈들이 우리나라를 쑥대밭으로 만들어 버리지 않았소! 진작 그 못된 유대 놈들을 쫓아냈더라면, 전쟁에서 그리 쉽게 지지는 않았을 거요. 독일 놈들도 나쁜 놈들이지만 적어도 영리한 구석은 있어!"

도레미 선생이란 별명으로 불리는 피아노 선생은 평소에도 카페의 단골손님들과 잘 어울리지 못했다. 그의 논리정연한 말솜씨에 불편해하는 사람들이 적지 않았던 것이다. 하지만 그가 나타나지 않으면 카페는 활기를 잃었다. 도레미 선생은 자기와 생각이 전혀 다른 사람들과 어울려 카드놀이를 했고, 그러다가 화가 나면 주저 없이 카드를 내던지고 카페를 나가 버렸다. 그러면 며칠간 얼씬도 하지 않다가 다시 카페에 나타나곤 했다. 그런데 그날은 무슨 까닭인지 화를 내면서도 카페를 떠나지 않았다.

루이는 손님들 사이에 오가는 이야기를 한 마디도 놓치지 않았다. 주인아저씨가 잡동사니를 넣어 두는 카페 뒤쪽 골방이나 밖으로 심부름을 보낼까 봐 그게 가장 염려스러웠다. 그는 블롯 게임용 탁자와 비엘로 씨가 앉아 있는 탁자 사이로 슬그머니 들어가 모조 대리석으로 만든 장식 기둥을 닦는 체했다. 카페 안은 시원했지만 비엘로 씨는 땀을 비 오듯 흘리고 있었다. 비엘로 씨는 주사위를 던지고는 올이 고운 아마 손수건으로 땀을 닦은 다음 손수건을 웃옷 소매 속으로 밀어 넣었다. 그의 넓은 이마는 번들거렸고, 듬성듬성한 머리카락 사이엔 땀방울이 송송 맺혀 있었다.

그날 루이는 새로운 사실 하나를 알게 되었다. 유대 인을 '유팽'*이라고도 부른다는 것을.

"비엘로 아저씨, 유대 인이 뭐예요?"

---

*인종 차별주의자들이 유대 인을 경멸하며 부르는 프랑스 어. ─ 옮긴이

루이가 호기심에 눈을 반짝이며 물었다.

비엘로 씨는 작고 통통한 손으로 주사위를 움켜쥐었다. 마침내 그의 두툼한 입술이 벌어졌다. 그는 가지런한 치아를 드러내며 활짝 웃었다.

"저런! 우리 룰루도 어른들의 대화에 끼고 싶은가 보지? 그래, 너도 일찌감치 알아 두는 게 좋을 거야. 그 못된 족속들은 알아보기가 쉽지 않거든."

"비엘로 씨, 입 닥쳐요! 당신의 천박한 생각을 아이들에게까지 물들일 참이요?"

도레미 선생이 꾸짖듯 말했다.

그러자 비엘로 씨가 이마에 흐르는 땀을 닦으며 응수했다.

"도레미 선생, 당신이 훌륭한 피아노 선생인지는 모르겠지만, 나에게 이래라저래라 가르칠 입장은 아닐 텐데! 제발 귀찮게 굴지 마시오!"

루이는 뭔가 더 알고 싶은 마음에 그 자리를 뜨지 않았다.

"비엘로 아저씨, 게임 상대가 돼 드릴까요?"

루이는 대답도 기다리지 않고 비엘로 씨의 맞은편으로 가서 앉았다.

"왜 그렇게 유대 인에게 관심이 많지?"

비엘로 씨가 물었다.

"그냥요."

루이는 대충 얼버무리고 다시 물었다.

"어떻게 유대 인인지 아닌지 알아보죠?"

"바로 돈이란다! 유대 인들은 모두 큰 부자거든. 그들에게선 돈 냄새가 나기 마련이지."

"모두가요?"

"그렇단다! 큰 재산을 아무도 모르는 곳에 숨겨 놓는 자들도 있어. 내가 세무서에 근무할 때, 그런 놈들을 찾아내느라 고생 좀 했지! 그렇게 못생긴 놈들이 예쁜 여자들과 결혼하는 것도 다 돈 때문이라고. 제기랄!"

"그것 말고 다른 표시는 없나요?"

비엘로 씨가 히죽히죽 웃으며 대답했다.

"물론, 또 있지. 하지만 네게 말해 줄 수는 없구나. 그걸 말하면 도레미 선생이 나를 살려 두지 않을 테니까……. 저…… 허리띠 아래에 있는……."

"아! 할례요?"

루이가 자랑스러운 듯이 큰 소리로 대답했다.

비엘로 씨가 의아한 듯 루이의 얼굴을 빤히 쳐다보았다.

"네가 그걸 어떻게 알지?"

"저…… 학교에서 선생님이 설명해 주셨어요."

"아! 그래!"

"그런데 여자들은 어떻게 구분하죠? 또, 남자들이 옷을 입고 있을 때는요?"

루이는 계속해서 질문했다.

"얼굴을 자세히 보면 알 수 있지. 생긴 꼬락서니를 말이야! 장담하건대 유대 인은 한눈에 알아볼 수 있어."

루이 포드스키는 몸이 오싹했지만 표를 내지 않으려 애썼다.

"아저씨는 왜 그렇게 유대 인을 싫어하세요?"

비엘로 씨는 도레미 선생을 노려보았지만 피아노 선생은 모르는 체했다. 그러자 비엘로 씨가 화를 터뜨리며 소리쳤다.

"유대 놈들이 우리 프랑스 사람들의 재산을 다 털어 갔어. 그뿐만이 아니야. 그놈들은 우리 프랑스를 공산주의자들에게 팔아넘겼지!"

"공산주의자들은 누군데요?"

"유대 놈들보다 더 나쁜 놈들이지! 유대 놈들은 배신을 밥 먹듯이 하고, 더러운 음모를 꾸미는 데 선수들이야. 지난 6월에 프랑스가 전쟁에서 진 것*도 바로 그놈들 때문이야!"

"우리나라가 전쟁에서 진 건 독일군 때문이 아닌가요?"

루이가 떠보려는 듯 재빨리 대꾸했다.

"뭐라고? 그런 어리석은 소릴랑은 하지도 마라."

"하지만 아저씨는 유대 인들 때문에 프랑스가 전쟁에서 졌다고 말씀하셨잖아요!"

비엘로 씨는 어이가 없다는 듯 위쪽을 쳐다보았다. 대화는 더 이상 이어지지 않았다. 바로 그때, 잔 아주머니가 느닷없이 비엘로 씨 앞에 맥주 한 잔을 갖다 놓으며 한마디 했다.

"어린애한테 무슨 소릴 하는 거예요? 그 일이 애들과 무슨 상관이 있다고! 더군다나 그렇게 흥분하다가는 건강에도 좋지 않을 텐데요. 루이, 너는 얼른 뒤쪽 골방으로 가 봐라. 네가 할 일이 있어."

---

*1940년 6월 22일, 독일과의 전쟁에서 패배한 프랑스는 사실상의 항복 조약인 휴전 협정을 맺었다. - 옮긴이

프란츠 훙거 중위

얼마 후 폴란드 출신 유대 인 루이 포드스키는 독일군을 도와주는 처지가 되었다. 어쩔 수 없는 일이었다. 잔 아주머니가 일 잘하고 말 잘 듣는 어린 종업원에게 사소한 심부름을 자주 시켰기 때문이었다.

'친구 카페'에서 200미터쯤 떨어진 물랭 가 27번지에 언젠가부터 독일군 사령부 지부가 들어섰다. 그곳의 비좁은 사무실에서 근무하는 스무 명 남짓한 독일 군인들은 술을 마시거나 잡담을 하며 시간을 보냈다.

11월의 어느 목요일, 루이는 맥주와 보졸레 포도주, 아페리티프* 등 갖가지 음료가 잔뜩 든 커다란 바구니를 힘겹게 들고

27번지 건물 안으로 들어갔다. 무거운 짐 때문에 키만 껑충하게 큰 루이의 몸이 휘청거렸다. 루이는 마음이 불편했다. 갑자기 심부름꾼 노릇도 지겹다는 생각이 들었다. 바닥 전체가 낡아 빠진 붉은색 타일로 덮인 1층 로비로 들어가니 무장을 한 당번병 하나가 계단 입구를 지키고 있고, 또 한 병사가 서류 더미가 수북한 책상 뒤에서 검정색 언더우드 타자기를 두드리고 있었다.

"안녕하세요?"

나치**의 소굴에 들어와 있다는 생각에 몹시 흥분된 루이가 인사를 건넸다.

하지만 두 사람은 아무런 반응도 보이지 않았다.

"안녕하세요? 마실 것을 가져왔어요!"

루이가 소리쳤다. 그러자 타자를 치던 병사가 고개를 번쩍 쳐들었다.

"Maul zu!(닥쳐!)"

---

* 식사 전이나 한가한 시간에 가볍게 마시는 술들을 총칭하여 이르는 프랑스 어. - 옮긴이

** '국가사회주의'라는 독일어의 줄임말로 히틀러가 이끌던 독일의 정당을 가리킨다.

그는 알아들을 수 없는 독일어를 한 마디 내뱉고는 다시 일에 열중했다. 마치 그 일에 목숨이 달려 있다는 듯한 태도였다. 하지만 그 정도에 주눅이 들 루이가 아니었다. 루이는 계단을 올라가기로 마음먹었다. 그런데 계단에 발을 올려놓는 순간, 그때까지 밀랍 인형처럼 미동조차 않던 당번병이 루이에게 달려들며 소리쳤다.

"Hau ab!(꺼져!)"

루이는 무슨 말인지 모르겠다는 표시로 눈을 치켜뜨고는 온갖 손짓을 했다. 그러자 독일군 병사가 독일 말로 뭐라고 중얼거렸다. 목소리로 보아 친절한 언사가 아닌 건 분명했다. 독일군 병사들이 프랑스 어를 한 마디도 알아듣지 못한다는 걸 알게 된 루이는 바구니를 계단 앞에 내려놓았다. 그러고는 활짝 웃는 얼굴과 상냥한 목소리로 그곳에 온 이유를 설명했다.

"멍청한 독일 놈들아, 목이 마르지 않은가 보지? 기껏 무거운 짐을 들고 왔더니 사람을 이런 식으로 대접해? 어쩌다가 전쟁에서 이겼는지는 모르겠지만 재수 없는 너희들 낯짝은 암소 엉덩이처럼 끔찍해. 알겠어? 잘 들어! 언젠가 너희들을 실컷 두들겨 패 줄 날이 있을 거야. 이 똥이나 처먹을 놈들아, 너희들은……."

 "잘했어! 자네의 독설은 상스럽기 짝이 없지만 힘과 기개가 넘치는군!"

 독일군 장교 한 사람이 위쪽 계단 난간에 기대어 몸을 구부린 채 천천히 박수를 치고 있었다. 루이는 두려움에 몸이 얼어붙는 것만 같았다. 말소리가 갑자기 목구멍 속으로 기어 들어가면서 혀가 바짝바짝 타들었다. 1층 로비에 있던 두 병사는 명령이 떨어지기만을 기다리는 듯한 자세를 취하고 있었다.

 "이리로 올라오게, 젊은이. '친구 카페'에서 보내온 보졸레 포도주도 얼른 맛보고 싶지만 그보다 먼저 자네와 인사를 나누고 싶군."

 장교가 틀림없었다. 그는 듣는 사람을 오싹하게 할 정도로 능란한 반어법을 구사해 가며 완벽한 프랑스 어로 말을 하고 있었다. 루이는 계단이 길게 이어져 영원히 끝나지 않기를 바라며 고개를 푹 숙이고 계단을 올라갔다. 형장으로 향하는 사형수의 심정이 이럴까? 걸음을 옮길 때마다 바구니에 든 병들이 서로 부딪치며 소리를 냈다. 유리병들이 내는 시끄러운 소리가 루이를 더욱더 창피하게 만들었다.

층계참에 있던 독일군 장교는 루이가 짐을 다 부리자 어두컴컴한 사무실로 데리고 들어갔다. 사무실에는 금속으로 된 서류함들이 여기저기 널려 있었다. 장교는 커다란 검은색 가죽 소파에 털썩 주저앉았다. 그러고는 당황해서 어쩔 줄 모르는 루이를 아무 말 없이 바라보더니 마침내 입을 열었다.

"내 소개를 하지. 난 독일군 사령부에서 파견된 이 지역 책임자 프란츠 홍거 중위라네."

그는 잠시 뜸을 들였다가 다시 말을 이었다.

"자네에게는 안된 말이지만 나는 파리에서 5년 동안 유학 생활을 했어. 좀 더 정확히 말하면, 소르본 대학에서 말이야. 하지만 이제 와서 그게 다 무슨 소용……."

"농담으로 그런 거예요."

루이가 떨리는 목소리로 말했다.

"그래? 그렇다면 도대체 누굴 웃기려고 그랬지? 당번병을? 아니면 자기 나라 말의 철자법도 제대로 모르고, 프랑스 어라고는 '숄리 마드무아셀'*밖에 할 줄 모르는 저 무식한 드렉슬러를 웃기려고?"

"……."

"자네가 무슨 짓을 했는지 '친구 카페' 주인 부부에게 일러 줄까?"

"아니, 그건 안 돼요!"

깜짝 놀란 루이가 재빠르게 반응을 보이자 프란츠 홍거는 만족스럽다는 듯이 얼굴을 가볍게 찡그렸다.

"좋아! 자네가 우리 독일군에게 갖고 있는 고결한 의견은 나만 알고 있도록 하지. 그럼, 자네는 '친구 카페'에서 일을 계속할 수 있겠지……."

그때 루이는 자기가 정식으로 고용된 처지가 아니라고 말하려 했다. 그런데 독일군 장교가 손짓으로 말을 가로막았다.

"물론 자네는 아직 미성년자겠지. 하지만 그 누구도 법을 어길 순 없어. 아이들이라 해도……."

"지금은 열한 살이고, 곧 열두 살이 돼요!"

루이가 씩씩하게 말했다.

"그럼, 이름은 뭐지?"

"루이예요."

---

* '졸리 마드무아젤'의 서투른 발음. '아름다운 아가씨'라는 뜻. — 옮긴이

"열한 살이라고? 좋아. 하지만 아무리 어린애라 해도 그 따위 말로 우리 독일군을 모욕하면 감방에 갇히는 신세를 면하기 어렵지."

루이의 얼굴빛이 창백해졌다.

프란츠 홍거는 표정을 좀 누그러뜨렸다.

"내가 입만 다문다면 자네는 감방에 갈 필요가 없어. 지금부터 자네가 우리 독일 군대를 위해 일해 준다면 나도 영원히 입을 다물어 주지."

두 사람 사이에 긴 침묵이 흘렀다. 장교는 깡마른 몸을 소파 깊숙이 묻고 책상 위로 다리를 길게 뻗었다. 그러고는 천천히 안경알을 닦으며 주름진 눈으로 루이를 주의 깊게 관찰했다. 루이는 독일군 장교가 도대체 무슨 속셈으로 그런 제안을 하는지 이해할 수가 없었다. 어딘지 모르게 위선적인 냄새가 풍기는 그의 세련된 매너와 말솜씨에 주눅이 들면서 머릿속이 복잡해졌다. 겨우 열한 살짜리 어린애한테 독일군을 위해 일해 달라고 부탁하다니, 무슨 꿍꿍이 속이람!

침착함을 잃지 않으려고 무척 애를 썼지만 루이는 결국 당황한 티를 내고 말았다.

'내게서 뭘 바라는 거야? 분명 눈으로는 나를 벌레 보듯 하면서, 지금 내보이는 저 지나친 친절은 도대체 뭐람!'

바로 그때 프란츠 홍거가 이죽거리며 말했다.

"그래, 그래. 내 말을 듣고 좀 놀랐을 거야. 뭐…… 충분히 그럴 수 있지. 난 남들을 놀라게 하는 취미가 있거든. 좋아, 설명해 주지. 비밀을 지켜 주는 대가로 나를 위해 세 가지 일을 해 주게. 첫째, 카페에서 심부름하는 일을 계속해 줘. 그래야 자네가 이곳을 자주 드나들어도 사람들이 의심하지 않을 테니까."

"학교는……."

루이가 우물거렸다.

"그건…… 오늘처럼 학교에 가지 않는 날, 그리고 학교에 가는 날에는 저녁 때 일하면 되겠지. 둘째, 일주일에 한 번씩 저기 있는 병사 두 녀석에게 프랑스 말을 가르쳐 줘……."

저 독일인은 정말로 정신이 좀 돌았어! 이런 생각을 하는 순간, 장교는 루이가 무슨 생각을 하고 있는지 다 알고 있다는 듯이 말을 계속했다.

"아니야. 난 미치지 않았어. 프랑스 사람들이 흔히 쓰는 상스러운 말들을 내 부하들도 알아들을 수 있게 해 달라는 것뿐이야. 방금 전에 자네가 한 말로 봐선 훌륭한 프랑스 어 선생이 될 것 같군. 마지막으로 자네가 할 일은, '친구 카페'를 드나드는 몇몇 손님들과 우리 지부 사이의 통로 역할을 하는 거야. 그 일에 대해서는 나중에 차차 일러 주지. 알아들었나?"

당황한 루이는 두서없이 몇 마디를 중얼거렸다.

"좋아. 그럼, 이제 그만 가 봐! 다음 주 목요일, 이 시간에 여기로 와."

루이는 장교의 말이 끝나기가 무섭게 황급히 계단을 뛰어 내려갔다. 그러나 이내 들려오는 장교의 고함 소리에 걸음을 멈추지 않을 수 없었다. 장교는 방금 전처럼 계단 난간에 기댄 채 몸을 구부리고 소리쳤다.

"바구니를 가져가야지!"

장교가 내던진 바구니가 층계를 따라 아래로 굴러 떨어졌다.

"내 말 잘 들어. 이 얘기는 누구한테도 하면 안 돼. 그렇지 않으면 자네를 당장 감옥에 처넣어 버릴 거야!"

루이는 곧 프란츠 홍거가 자기를 스파이로 써먹으려 한다는 것을 알아차렸다. 나머지 일들은 그저 핑계일 뿐, 중위가 원하는 건 '친구 카페'를 드나드는 사람들이 무슨 이야기를 나누는지 염탐하는 것이었다. 장교도 가끔씩 '친구 카페'에 들러 주인 부부와 몇 마디 주고받을 때가 있었다. 하지만 그가 카페 안으로 들어서면, 그 즉시 분위기가 돌변했다. 심지어 자리를 뜨는 손님들도 있었다.

그 후로 루이는 물랭 가에 들르는 날이면, 카드놀이를 하다가 손님들끼리 시비가 붙었다는 이야기, 혹은 손님들 사이에 오갔던 사소한 잡담 같은 것들을 장교에게 들려주었다. 대부분 하찮은 이야기였지만 프란츠 홍거는 주의 깊게 들었고 고맙다는 인사도 잊지 않았다. 그는 루이를 함부로 대하지 않았고, 아무 말이나 지껄이는 법도 없었다. 그러면서도 늘 경멸과 조소가 어린 눈빛으로 루이를 쳐다보았다.

루이는 그 독일군 장교가 제정신이 아닌 거라고 최종 결론을 내렸다. 그래서 음료 배달을 갈 때면 그와 마주치지 않기를 간절히 바랐다. 1940년 연말쯤에는 시내 분위기가 온통 뒤숭숭해져서 루이가 독일군 사령부 지부에 자주 드나들어도 누구 하나 주목하는 사람이 없었다.

그 무렵 아브라함 포드스키는 일자리를 잃었다. 하지만 얼마 후 곧 복직이 되었으므로 루이는 사태가 얼마나 심각한지 알아차리지 못했다. 탄광 책임자가 결국 유대 인 광부 네 사람을 해고했던 것이다. 그는 호인인 체하며 얼렁뚱땅 사태를 매듭짓고 싶어 했다. 그는 좀 비굴한 듯한 미소를 보이며 말했다.

"독일군들이 점령군으로 이곳에 주둔해 있고, 그들이 유대인을 싫어한다는 건 당신도 잘 알 거요. 나도 어쩔 수 없어요. 하지만 포드스키 씨, 당신이 능력 있고 부지런하다는 건 누구나 인정하니까 곧 다른 직장을 찾을 수 있을 거요."

"독일군 사령부에서 우리를 해고하라는 명령이라도 내렸나요?"

아브라함이 물었다.

"아니, 그런 건 아니오. 그게 아니라……."

탄광 책임자는 점령군에게 잘 보이려면 어쩔 수 없다는 둥 알 듯 모를 듯한 설명을 길게 늘어놓으면서 아브라함을 사무실 밖으로 밀어냈다.

"사태가 매우 심각해요. 내 처지를 이해해 줬으면 좋겠소. 지금 당신 가족이 살고 있는 사택은 당장 비워 주지 않아도 좋아요. 12월까지는 머물러도 괜찮으니까……."

그로부터 3주 동안은 고통스러운 나날의 연속이었다. 한나는 온종일 울음을 그치지 않았고, 아브라함은 곁채의 비좁은 작업실에 틀어박혀 꼼짝도 하지 않았다. 그동안 루이는 종종 수업을 빼먹곤 했다. 모든 게 뒤죽박죽이었다. 루이가 하루 종일 어디서 무엇을 하며 시간을 보내는지에는 아무도 관심이 없는 듯했다. 그전까지만 해도 학교 가는 일을 마치 성스러운 의무처럼 여기던 포드스키 가족이 말이다.

11월 말, 직장에서 다시 와 달라는 전갈이 왔다. 작업반장이 아브라함에게 복직되었다는 소식을 전했다. 다른 유대 인 광부 세 사람도 함께 복직되었다. 아브라함은 동료들로부터 탄광 책임자가 독일군 사령부로부터 문책을 당했다는 말을 들었다. 전쟁 중인 독일은 막대한 양의 석탄이 필요했고, 광부가 턱없이 부족한 터라 유대 인인지 아닌지를 따질 형편이 아니었던 것이다.

생활은 다시 제자리를 찾았다. 적어도 겉으로는 그랬다. 하지만 그 일은 지울 수 없는 흔적을 남기고 말았다. 포드스키 가족이 유대 인이라는 사실이 온 탄광촌에 다 알려진 것이다. 그 사실이 알려진 후 사람들이 포드스키 가족을 대하는 태도가 달라졌다. 심지어 노골적으로 적대감을 드러내는 사람들도 있었다. 그런 사실을 그렇게 오랫동안 숨겼다는 점이 탄광촌 사람들을 더 자극한 것 같았다. 누가 먼저 시작했는지는 모르지만, "도둑이 제 발 저린 법이지!"라는 말이 한동안 사람들의 입에 오르내렸다.

그 즈음 루이는 처음으로 '유대 인의 가게'라고 적힌 벽보를 보았다. 벽보에는 프랑스 어와 독일어로 이렇게 쓰여 있었다.

ENTREPRISES JUIVES
JUDISCHES GESCHAFT

그 후로 시내에는 벽보가 붙은 가게들이 눈에 띄게 늘어났다. 루이는 유대 인들이 왜 그렇게 미움을 받는지 알고 싶었다. 이웃 주민들에게 따돌림을 당한다는 느낌이 좀 들긴 했지만, 일상생활이 예전에 비해 특별히 달라진 건 아니었다. 루이는 탄광촌 사람들의 적대적인 태도는 어쩌면 부모님 탓일지도 모른다는 막연한 생각을 하기도 했다.

어느 날 저녁 루이는 다음 날 수업을 위해 『늑대와 어린 양』

을 소리 내어 읽고 있었다. 한나는 옆에서 아들의 책 읽는 소리를 듣는 둥 마는 둥 하며 바느질을 하고 있었다. 루이가 책을 읽다 말고 불쑥 어머니에게 물었다.

"아빠는 왜 유대 인이에요?"

한나는 아무런 대답도 하지 않았다.

'친구 카페'에서도 이견이 분분했다. 유대 인들에게 무슨 죄가 있느냐는 사람들도 있었지만, 당해 싸다고 말하는 사람들도 적지 않았다. 주인아주머니와 아저씨는 아무 말도 하지 않았다. 하지만 잔 아주머니는 창고로 쓰는 뒤쪽 골방에서 화를 터뜨리곤 했다. 아주머니가 화가 나 숨을 헐떡거리면, 정수리 위로 아슬아슬하게 틀어 올린 어마어마한 부피의 올림머리가 분노로 벌게진 얼굴 위에서 마구 요동쳤.

"나쁜 사람들! 아, 모두들 제정신이 아니야! 어쩌다가 프랑스가 이 지경이 되었는지 모르겠구나! 유대 인들이 자기 부모를 죽이기라도 했다는 거야? 드레퓌스 사건*을 겪고도 여전히 정신을 못 차리다니! 저런 작자들을 상대로 술장사를 하는 내 신세가 참으로 한심하구나!"

잔 아주머니는 드레퓌스가 누구인지 설명해 주지 않았다.

한번은 잔 아주머니가 풍만한 가슴에 루이를 꼭 안아 주었다. 평소에는 무뚝뚝하기 짝이 없는 아주머니가…….

"얘야, 저 어리석은 작자들이 무슨 말을 하건 귀담아듣지 마라. 이다음에 커서도 저런 사람이 되면 안 된다. 넌 착한 아이야. 앞으로도 착한 사람이 되어야 해!"

아주머니는 이렇게 몇 마디하고 나서 눈물로 축축해진 입술로 루이의 뺨에 입맞춤까지 해 주었다. 루이는 어리둥절하기도 하고, 마음이 좀 두근거리기도 했다.

그로부터 얼마 후, 몇몇 손님들이 루이에게 심부름을 시키기 시작했다. 루이는 동전 한두 닢을 심부름 값으로 받고 뭔지 모를 꾸러미를 들고 독일군 사령부 지부와 '친구 카페'를 오갔다.

그러던 어느 날, 루이는 결국 호기심을 참지 못하고 포장지 한 귀퉁이를 찢어 내용물을 보았다. 그리하여 루이는 비로소 비엘로 씨가 귀하디귀한 담배와 비누를 어디서 구하는지 알게

---

*알프레드 드레퓌스(1859~1935). 유대 인 출신의 프랑스 장교이다. 장교로 복무하던 중, 1894년 독일 대사관 직원에게 군사 기밀을 팔아넘긴 죄로 고발당했다. 그는 범죄 사실을 부인했으나 결국 종신형을 선고받는데, 악의적인 반유대주의파가 이끌던 여론과 프랑스 언론들이 이에 결정적인 역할을 했다. 나중에는 혐의가 풀려 1899년에 사면을 받았고, 1906년에 공식 복권되었다. 10여 년 동안 프랑스 사회를 떠들썩하게 했던 이 사건은 프랑스 제3공화국의 정치·사회사에 커다란 얼룩을 남겼다. — 옮긴이

되었다.

　루이는 몇 달 동안 모은 돈으로 골프 바지를 샀다. 그렇게도 지겨웠던 낡은 반바지를 마침내 벗어 버릴 수 있게 된 것이다. 골프 바지를 입으니 열예닐곱 살쯤 된 고등학생처럼 보였다. 거기에 챙 달린 모자까지 쓰자 어른 티가 물씬 풍겼다. 아브라함 포드스키는 아들의 달라진 모습을 못 본 척했지만 한나는 눈살을 찌푸렸다. 루이는 카페 주인아주머니와 아저씨가 선물로 준 거라고 둘러댔다.

　아브라함과 한나는 '친구 카페'의 주인 부부를 만난 적이 없었다. 루이가 카페에서 푼돈이나마 벌기 시작하자 한나는 카페 주인을 찾아가 인사라도 해야 한다고 생각했다. 하지만 아브라함이 한사코 말렸다.

　"제발 그러지 마, 한나! 우리는 그 사람들 앞에 나서지 않는 게 더 좋아."

　1940년 11월에 루이 포드스키는 오랫동안 벼르던 일을 마침내 실행에 옮겼다. 드디어 독일군 장교의 장화를 훔칠 기회가 왔던 것이다. 그러나 그 작전은 스릴을 맛볼 새도 없이 싱겁게 끝나고 말았다.

 강가로 산책을 나갔던 어느 날, 따뜻한 햇살 아래서 데이트에 열중한 남녀 한 쌍이 루이의 눈에 띄었다. 독일군은 여자를 애무하고 있었다. 군화와 웃옷은 옆에 벗어 둔 채였다. 여자의 신음 소리가 너무 커서 발자국 소리를 내지 않으려고 조심할 필요조차 없었다. 군화와 웃옷을 훔쳐 낸 루이는 옷을 강물 속으로 던져 버리고는 독일군이 쫓아오지 못할 만큼 멀리 달아났다 싶자 큰 소리로 외쳤다.

 "네 신발이 어디 갔나 찾아봐라, 이 멍청한 독일 놈아! 너희들의 왕초 히틀러께서 퍽이나 좋아하시겠다!"

 통쾌한 욕지거리로 기분이 좋아진 루이는 "하일 히틀러!"라고 인사를 내뱉고는 재빨리 숲 속으로 사라졌다.

 프랑스가 어쩌다가 저런 한심한 놈들에게 당했는지 알다가도 모를 일이었다!

인구 조사

12월 5일, 루이 포드스키는 열두 살이 되었다.

그런데 바로 그날, 뜻밖의 일이 루이를 기다리고 있었다. 아침에 루이의 방에 들어온 어머니가 덧문도 열지 않은 채 어두컴컴한 구석에 우두커니 서서 말했다.

"루이, 오늘은 학교에 가지 말고, 나랑 같이 독일군 사령부에 가야겠다."

"왜요?"

루이는 아침에 따로 할 일이 있던 터라 좀 짜증이 났지만 이불을 한쪽으로 밀치며 몸을 일으켰다. 낡은 푸른색 잠옷이 무릎까지 올라와 한기가 느껴졌다. 루이가 하품을 하며 기지개를 켜자 벌어진 웃옷 사이로 껑충하게 키만 큰 소년의 앙상한 가슴이 드러났다. 부스스한 모습으로 자리에서 일어난 루이는 마치 금방 알을 까고 나온 어린 새처럼 연약해 보였다.

"인구 조사를 한다는 통지가 와서……. 등록하러 가야 해."
어머니가 말했다.

"인구 조사가 뭐예요?"

"가족이 몇 명인지, 집은 어디고, 직업은 뭔지 신고하는 거야. 그 밖에도 우리 가족의 신상에 관한 것들을 물어보겠지."

루이가 다시 이불 속으로 파고들며 말했다.

"세스토카 아주머니나, 아니면 다른 아주머니에게 같이 가 달라고 하세요. 전 학교나 갈래요."

"세스토카 아주머니는 안 돼. 유대 인이 아니라서……."

루이는 온몸이 뻣뻣하게 굳는 것 같았다.

긴장된 루이의 목소리가 두툼한 이불 속에서 희미하게 새어 나왔다.

"유대 인들만 인구 조사를 하는 거예요?"

"그래…… 그렇단다. 벌써 한 달 전에 경찰서에서 소환장이 왔어. 아직까지 등록하지 않은 사람은 독일군 사령부로 출두하라는구나. 루이, 얼른 일어나."

루이는 일부러 꼼짝도 하지 않았다. 어머니가 얼마나 불안해 하는지 어머니의 얼굴을 보지 않고도 충분히 알 수 있었다. 어머니는 늘 관공서에 가는 걸 두려워했다. 어머니는 프랑스 말을 잘하는 편이었지만, 폴란드 억양이 새어 나오는 것까지는 어쩔 수 없었다. 게다가 공무원들 앞에만 서면 말을 더듬거리게 되는 것도 두려워했다.

어머니와 함께 탄광촌을 나서는데 꼭 동네 사람들에게 손가락질을 당하는 것 같은 느낌이 들었다. 마치 몰이꾼들에게 쫓기는 사냥감처럼…….

독일군 사령부는 부산스럽고 시끄러웠다. 문을 여닫는 소리가 끊이지 않았고, 군인들은 복도를 분주히 뛰어다니고 있었다. 팔라스 호텔 시절 세탁소로 쓰이던 좁은 방으로 들어간 두 사람은 뻣뻣하게 선 채로 오랜 시간을 기다려야 했다. 목재로 된 흰색 선반에는 '베갯잇', '시트', '누비이불' 같은 글자가 선명하게 찍혀 있었다. 기다리다 심심해진 루이는 장난 삼아 손톱으로 글자들을 긁어 보았다.

이윽고 뚱뚱한 여자가 들어오더니 '유대 인 담당'이라는 팻 말이 붙은 사무실로 두 사람을 안내했다. 사무실에는 야윈 얼굴에 키가 큰 남자가 앉아 있었다. 남자는 멋을 부린 듯 밤색 양복을 말끔하게 차려입고 있었다. 그가 앞에 놓인 의자를 가리키며 말했다.

"무슨 일로 왔소?"

한나의 얼굴이 창백해졌다. 한나는 떨리는 손을 얼른 회색빛 외투 자락 밑으로 감췄다.

"인구 조사……."

남자가 눈을 치켜뜨며 되물었다.

"인구 조사라고?"

"인구 조사…… 유대 인들을 대상으로 하는……."

"아! 알겠소. 한 달 전에 동네 파출소에 신고를 했으면, 이처럼 번거로운 일은 피할 수도 있었는데……. 당신 같은 사람들 때문에 우리 업무가 복잡해지는 거란 말이오!"

프랑스 말을 유창하게 하는 걸로 보아 프랑스 인임에 틀림없었다. 그는 여러 장으로 된 설문지를 들고, 마치 시험 문제를 푸는 초등학생처럼 열의를 다해 서류를 작성하기 시작했다. 한나는 아주 하찮은 질문에도 잔뜩 겁을 먹은 목소리로 대답했다.

남자는 글씨가 종이에 번지지 않도록 가끔씩 잉크를 닦아 내고는 감탄하는 눈빛으로 자기가 쓴 글씨를 바라보았다.

지루해진 루이는 이런저런 생각에 잠겼다. 문득 며칠 전에 피아노를 가르쳐 주겠다고 약속한 도레미 선생의 얼굴이 떠올랐다.

"이름은?"

루이는 소스라치게 놀랐다.

"루이 포드스키예요."

"나이는?"

"열두 살이요."

남자가 고개를 번쩍 들고 의심스럽다는 눈빛으로 루이를 쳐다보았다.

"열두 살이라고?"

"예. 바로 오늘 열두 살이 됐어요."

"국적은?"

"프랑스예요."

"그래? 포드스키가 프랑스 인이라……. 그럼 종교는?"

"……."

"넌 유대 인이지?"

그러자 낯빛이 더욱 창백해진 한나가 말했다.

"선생님도 아시다시피……."

"입 닥치고 가만히 있어요! 나는 당신 아들에게 물어보는 거요!"

남자가 소리를 질렀다.

"아니…… 아니에요……."

루이가 더듬거렸다.

"아니라고?"

"아니에요. 전 유대 인이 아니에요."

루이는 두려움에 휩싸였다.

'낯선 사람이 함부로 대하는데도 엄마는 왜 가만히 있는 거지? 뺨을 한 대 내갈기진 못할망정 왜 그렇게 쩔쩔매는 거야?'

어머니의 몸은 더욱 움츠러들어, 뼈만 남은 앙상한 몸을 감싼 외투가 펄럭거리는 듯했다. 루이는, 어느 날 저녁엔가 유대 인이라는 사실을 말하면 안 된다고 신신당부하던 아버지의 모습을 떠올리면서 정신을 차리려 애썼다.

"나를 놀리는 거냐? 황당한 녀석이네! 본래 유대 놈들은 뻔

뻔하기 짝이 없지!"

남자가 화를 내며 소리쳤다.

"아니에요. 아니에요! 난 유대 인이 아니에요."

루이가 재빨리 대꾸했다.

그 말을 들은 남자는 분을 이기지 못하고 책상 위에 어지럽게 펼쳐진 서류들을 한쪽 옆으로 거칠게 밀쳤다. 그는 큰 소리로 한숨을 쉬더니 한나 쪽으로 몸을 돌렸다. 한나는 아들을 애처롭게 바라보고 있었다.

"당신 아들, 좀 모자란 녀석 아니오?"

남자는 대답을 기다리지 않고 다시 루이에게로 시선을 돌리며 말했다.

"네 아버지는 유대 인이지?"

"전 몰라요."

"네 어머니도 유대 인이지? 그렇지?"

"전…… 전 아무것도 몰라요."

"도대체 나를 뭘로 보고 그런 헛소리를 하는 거냐?"

남자는 흥분해서 고래고래 소리를 질렀다. 어린 녀석의 고집을 꺾지 못한 게 더 분한 모양이었다. 남자가 갑자기 한나에게로 몸을 구부리더니 한나의 귀에 대고 낮은 목소리로 속삭이듯 말했다.

"제기랄! 이게 무슨 난리야! 별 희한한 것들도 다 있지. 유대 놈들 중에서도 악질에게 걸려들었군. 포드스키 부인, 당신 아들이 순순히 말을 듣지 않는다면 다른 방법을 쓰는 수밖에 없겠소."

한나의 눈에서 눈물이 흘러나왔다. 잔뜩 겁을 먹은 한나는 온몸이 얼어붙은 가련한 생쥐 꼴을 하고 있었다.

순간 루이의 머릿속에 그 남자가 강제로 옷을 벗길지도 모른다는 생각이 스쳤다. 만일 그렇게 된다면, 어머니 앞에서 벌거숭이 신세가 될 뿐 아니라 유대 인이라는 결정적인 증거가 드러날 테고……. 무의식적으로 두 다리를 움츠리던 루이는 자신의 팬티가 좀 축축해져 있음을 느꼈다.

"그래요. 저는 유대 인이에요."

"이제야 정신을 차렸군! 진작 말을 들었으면 좋았잖아! 다시 한 번 그 따위로 굴면 가만두지 않을 테다. 자, 다시 한 번 말해 봐!"

남자는 만족스러운 표정으로 말했다.

루이는 그 말을 네 번이나 되풀이해야 했다.

집으로 돌아오는 동안 두 사람은 한 마디도 하지 않았다.

그날 밤, 루이는 얼마 전에 훔친 독일군 군화에 흰색 물감으로 '더러운 독일 놈들'이라고 써서 물랭 가 27번지 건물 앞에 갖다 놓았다. 프란츠 홍거 중위는 누가 그런 짓을 했는지 1943년 2월 스탈린그라드* 전투에서 죽음을 맞던 그날까지 끝내 알지 못했다.

---

* 러시아의 도시로 지금의 볼고그라드를 가리킨다. 이곳에서 벌어진 전투에서 소련군은 독일군과 대항하여 큰 승리를 거두었다. 이 전투를 계기로 독일은 급속하게 몰락의 길로 접어든다.

1941년

체리의 계절

체리가 빨갛게 익을 때면

명랑한 꾀꼬리들, 장난기 많은 티티새들

모두가 즐거워할 거예요.

아가씨들 마음은 한껏 부풀어 오르고,

연인들은 가슴이 뜨거워질 거예요.

체리가 빨갛게 익을 때면

장난기 많은 티티새들은 더욱더 소란스럽게 지저귀겠지요.

— '체리의 계절'*

---

*1867년에 나와 오랫동안 큰 인기를 누리던 프랑스의 대중가요. — 옮긴이

한나는 구멍 난 양말을 꿰매면서 서글픈 목소리로 노래를 부르고 있었다. 바느질감을 넣어 두는 바구니에는 짝이 맞지 않는 양말들이 가득했다. 한나는 가느다란 손가락으로 달걀 모양의 도구에 양말을 끼우고 매끄럽게 편 다음, 빠른 손놀림으로 구멍을 꿰맸다. 한나의 바느질 솜씨는 재고 고왔다.

루이는 부엌에서 지리 공부를 하던 참이었다. 아니, 공부를 한다기보다는 어머니의 노랫소리에 귀를 기울이고 있었다고 하는 편이 옳았다.

벌써 밤이 이슥했지만 한나는 아직까지 저녁 식사도 못 한 채 밤 열 시나 되어서야 퇴근하는 아브라함을 기다리고 있었다.

부엌에 하나뿐인 작은 전등 아래서 눈을 크게 뜨고 바느질을 하고 있는 한나의 얼굴은 걱정으로 밤새 뒤척이느라 밤잠을 설친 사람처럼 안색이 좋지 못했다. 바느질 솜씨는 능숙했지만 불빛이 어두워서 여러 번 바늘에 손가락을 찔렸다. 그런 실수가 한나를 짜증나게 했다. 한나는 붉은 핏방울을 물끄러미 바라보다가 혀로 탐욕스럽게 핏방울을 빨고는 잠시도 쉬지 않고 양말을 꿰맸다. 그러면서 마지막 소절이 특히 마음에 들었는지 노래가 끝난 뒤에도 그 부분을 여러 차례 흥얼거렸다.

루이는 도레미 선생 댁을 드나들며 열심히 피아노를 배웠다. 도레미 선생은 처음부터 '체리의 계절'을 가르쳤다. 루이가 '체리의 계절'을 연주하면, 도레미 선생은 노래를 불렀다. 그건 서글픈 노래였다. 도레미 선생의 마음속에는 아무도 모르는 상처와 슬픔이 깃들어 있는 것 같았다.

도레미 선생은 "이건 사랑과 희망의 노래란다."라고 말했을 뿐 더 이상은 설명하지 않았다.

루이는 그 말이 무얼 뜻하는지 모두 이해할 수는 없었지만 도레미 선생이 '체리의 계절'을 얼마나 좋아하는지는 어렴풋이 짐작할 수 있었다. '체리의 계절' 도입부는 템포가 느리고 애절했는데 선생은 노랫말이 두렵기라도 한 듯 아주 작은 목소리로 노래를 시작하곤 했다. 도레미 선생에게 '체리의 계절'은 마치 신에게 바치는 애절한 기도문인 듯했다.

피아노 수업이 계속되는 동안 도레미 선생이 거처하는 지붕 밑 고미 다락방에는 뭔지 모를 슬픔이 가득했다. 루이는 도레미 선생을 위로해 주고 싶었지만, 왜 그렇게 고통스러워하는지 그 까닭을 알 수가 없었다. 더구나 도레미 선생은 루이가 마지막 소절을 끝내기가 무섭게 바로 집으로 돌려보냈으므로 위로의 말을 건넬 새도 없었다.

무슨 조화 속인지 한나도 곧 '체리의 계절'에 빠져 들었다. 한나는 도레미 선생의 입에서 흘러나오는 것과 똑같이 희미한 목소리로 하루 종일 노래를 흥얼거렸다. 그리고 왜 그렇게 그 노래에 집착하는지 변명이라도 하려는 듯 아들에게 이렇게 말했다.

"희망을 이야기하는 멋진 노래야! 그분……, 도레미 선생님은 틀림없이 좋은 분일 거야. 나도 한번 만나 보고 싶구나."

그래서 루이는 어머니에게 도레미 선생을 소개시켜 주려고 했지만 평소 낯을 가리는 한나는 갖은 핑계를 대며 한사코 사양했다. 루이는 어머니가 선생을 만났다가 혹시라도 실망하게 될까 봐 두려운 거라고 짐작했다. 게다가 루이는 프랑스 사람들과 어울려 지내야 하고, 부모는 가급적 그들과 마주치지 않는 게 루이의 장래를 위해 나을 거라는 아브라함의 판단도 존중하지 않을 수 없었다.

체리가 익어 가던 그때를 영원히 잊지 못할 거예요.
그때의 아팠던 기억도 마음속에 간직할게요.

언젠가 행운이 찾아와 준다 해도
나의 아픔을 사그라지게 할 순 없어요.
체리가 익어 가던 그때를 영원히 잊지 못할 거예요.
그리고 그때의 기억을 마음속에 간직할게요.

  노랫소리가 잦아들자 부엌에는 다시 한기가 찾아들었고 기분 나쁜 적막감마저 감돌았다.
  "루이, 이제 가서 자렴. 아버지가 돌아오시면 나도 저녁을 먹을 테니."
  '저녁'이라는 말에 루이는 낯을 찡그렸다. 저녁 식사라고 해 봐야 먹다 남은 음식으로 쑨 멀건 죽 한 사발이 전부일 텐데……. 탄광 회사에서 빌려 준 채소밭 덕에 부족한 식량을 보충할 수 있는 게 그나마 다행이었다. 그렇다 해도 광부 가족들이 겨울을 나기란 여간 힘든 게 아니었다.
  루이는 한마디 대꾸도 없이 자기 방으로 갔다. 어머니에게 안녕히 주무시라는 인사도, 입맞춤도 하지 않았다. 그리고 일부러 부엌문을 조금 열어 두었다. 얼마 전부터 부모님이 주고받는 말을 염탐하는 버릇이 생겼기 때문이다.

아브라함은 고개를 숙인 채 천천히 걸었다. 시커먼 석탄 가루가 거리에 휘몰아치는 차가운 바람을 타고 날아와 아브라함의 얼굴에 들러붙었다. 사방이 캄캄했지만 탄광에서 퍼낸 흙을 쌓아 두는 거대한 흙무더기가 저 멀리 시야에 들어왔다. 아브라함은 폴란드 말로 혼자 중얼거렸다.

남을 잘 믿지 못하는 사람들이 흔히 그렇듯 아브라함에게는 혼잣말을 하는 버릇이 있었다. 그 버릇은 급기야 고질이 되어 이제는 직장 동료들 앞이든 가게 안이든 가리지 않고 혼자서 중얼거렸다. 소리를 내지 않고 입술만 움직이는 때도 있었다. 그러다가 어떤 결론에 이르면 고개를 끄덕였고, 의심이 가시지 않을 때는 낯을 찡그렸다.

아브라함은 발걸음을 재촉했다. 그는 추위를 피하려고 담장에 바짝 붙어 걷다가 아르노 부인의 머리와 부딪칠 뻔했다. 키가 작고 통통한 아르노 부인이 거센 바람에 덜컹대는 덧문을 단단히 잠그려고 머리를 창밖으로 내밀고 있던 터였다.

"죄송합니다, 아르노 부인. 너무 어두워서……. 잠깐만요. 제가 도와드리죠."

아브라함이 말했다. 그러고는 두툼한 나무판으로 된 무거운 덧문을 안으로 밀어 넣었다. 그러나 아르노 부인은 고맙다는 말 한마디 없이 안으로 들어가 버렸다.

"안녕히 주무세요!"

대답 대신 문고리가 달칵 걸리는 소리만 들려왔다. 아브라함은 어깨를 으쓱하고 목소리를 낮춰 폴란드 말로 욕지거리를 했다. 그렇지만 아내가 기다리고 있다는 생각을 하니 이웃 여자의 적대적인 태도 따위는 곧 잊혀졌다. 집이 가까워지자 피로에 찌든 아브라함의 얼굴이 다시 평온해졌다.

집 앞에 도착한 아브라함은 천천히 문을 열었다. 그의 진정한 삶은 매일 저녁 일을 마치고 집으로 돌아와 현관문을 여는 그 순간부터 시작되었다. 부엌에서 희미한 불빛이 새어 나오고 있었다. 그는 문을 열어 둔 채 부엌으로 들어갔다. 루이가 열린 문틈으로 자신들의 말을 엿듣고 있다는 사실을 잘 알고 있었지만 루이도 들어 두는 편이 좋을 거라고 생각했던 것이다. 그날 저녁은 아내에게 해 줄 말이 많았다.

아브라함은 아내의 뺨에 입맞춤을 하지 않았다. 지금껏 한 번도 그런 행동을 해 본 적이 없었다. 포드스키 부부는 폴란드에서 신혼살림을 시작했을 때도 서로를 스스럼없이 대하는 법이 없었다. 그저 한나가 눈으로 '당신이 무사히 돌아와서 기뻐요.'라고 말하면, 아브라함도 눈빛으로 '당신을 사랑해요.'라고 대답할 뿐이었다.

"오늘도 별일 없었죠?"

한나가 물었다.

아브라함은 식탁에 앉으며 아내가 차려 놓은 음식을 한쪽 옆으로 밀쳤다. 깊은 갱도 안에서 열 시간 동안 힘들게 일했지만 배는 조금도 고프지 않았다. 그는 깍지 낀 두 손을 입술에 갖다 댔다.

"다들 미쳤어. 미친놈들이야!"

이 말을 들은 한나의 이마에 길게 주름이 파였다. 한나는 화덕에서 끓고 있던 냄비를 내려놓고, 체크무늬 앞치마에 손을 닦은 다음 남편 옆에 앉았다. 한나의 몸은 긴장으로 잔뜩 굳어 있었다.

아브라함이 말을 계속했다.

"그놈들이 우리를 죽일지도 몰라. 나치 놈들은 폴란드 사람들보다도 더 우릴 싫어해. 지금은 프랑스 사람들도 그놈들의 행동을 따라 하고 있어."

"그래도 일자리는 잃지 않았잖아요."

한나가 대꾸했다.

그러자 아브라함의 목소리가 격앙되었다.

"일자리라고! 그래, 다 말해 주지! 그놈들은 내 일손이 필요해서 잠시 붙잡아 두고 있는 것뿐이야! 독일 놈들에게는 막대한 양의 석탄이 필요한데 나만큼 일 잘하는 사람을 찾기가 쉽지 않으니까. 그래서 탄광 책임자가 나를 해고하려 했을 때 일자리를 지킬 수 있었던 거야……. 그게 다 나치 놈들 덕분이지! 여보, 우리 유대 인들은 이제 끝장이야! 이곳도 폴란드와 마찬가지야!"

두 사람은 잠시 동안 아무 말도 하지 않았다. 그 모습은 마치 식사 전에 기도를 드리는 부부 같았다. 한나가 거북스러운 침묵을 깨려는 듯 낮은 소리로 말했다.

"학교에서도 새로 부임한 선생이 루이를 못마땅하게 여기나 봐요."

"이 나라에서는 지금 유대 인에 대한 증오가 날로 커지고 있어. 10년 전, 자유를 찾아 프랑스로 건너왔는데. 젠장! 도대체 유대 인들이 뭘 잘못했다는 거야!"

아브라함은 대답을 찾으려는 듯 아내의 눈을 바라보았다. 하지만 한나의 눈동자에는 두려움의 그림자만이 아른거릴 뿐이었다.

"지금 우린 유대 인도 아니고, 폴란드 인도 아니고, 프랑스 인도 아니야. 우리는 아무것도 아니야. 평화로운 삶을 찾아 모든 걸 버리고 왔지만 평화는커녕 아무것도 얻지 못했어. 앞으로는 사람들에게 멸시와 모욕을 당하는 일이 더 잦아질 거야."

한나가 두 손으로 남편의 손을 꼭 쥐었다. 문 위에 걸린 벽시계에서 들려오는 시계추 소리가 절망에 빠진 두 사람의 심장 소리와 박자를 맞추고 있었다.

"유대 인 검거가 시작되었다더군. 붙잡힌 유대 인들은 어디론가 끌려가는데, 돌아오는 사람은 하나도 없대. 루이를 보호할 방법을 찾아봐야 해."

아브라함이 말했다.

"하지만 어떻게 해야 하죠?"

"탄광 동료들 중에는 믿을 만한 사람이 하나도 없어. 내겐 친구가 없어. 지금 와서 후회해도 소용없는 일이지. 그렇지만 세례 증명서를 구할 수 있었어. 위조된 것이긴 하지만 말이야."

아브라함의 광대뼈 위쪽이 상기된 듯 좀 불그죽죽해졌다. 그는 잠시 머뭇거리다가 폴란드 말로 말을 이었다.

"그 사람 있지……. 이름은 들어 본 적이 없지만……. 거 왜 루이에게 피아노를 가르쳐 준다는 사람……."

"'체리의 계절'……. 아! 그래요! '체리의 계절'……. 도레미 선생님. 오! 하느님!"

한나가 말했다.

"아, 그래! 우린…… 그 사람을 만나야 해. 그분이라면 루이를 돌봐 줄 것 같아……. 나쁜 일이 생기면 우리는……. 난 그분에게 루이를 부탁하려 해. 다른 방법이 없어."

한나가 불을 껐다. 저녁을 먹고 싶은 생각이 조금도 없었다. 부부는 어둠 속에서 방으로 들어갔다. 두 사람은 나란히 누워 밤늦도록 폴란드 말로 이야기를 계속했다. 어느새 성 야고보 성당에서 들려오는 종소리가 새벽 두 시를 알렸다.

"이제 그만 주무세요. 내일 아침에 출근하려면……."

한나가 속삭였다.

"그래, 당신 말이 옳아. 이 위기를 잘 벗어난 다음, 전쟁이 끝나면 미국으로 갑시다. 탄광 책임자도, 아르노 부인도, 그 밖의 다른 사람들도 이젠 지긋지긋해……. 잘 자요, 여보."

아브라함이 아내에게 잘 자라는 인사를 한 건 그때가 처음이었다.

그날 이후, 포드스키 가족은 무언가 끔찍한 일이 다가오고 있음을 실감했다. 루이는 유대 인이라는 게 도대체 무얼 뜻하는지 여전히 알 수 없었지만, 적어도 유대 인으로 살아가는 게 얼마나 위험한지는 곧 깨달았다. 그 위험이 현실로 다가오자 루이는 자기가 유대 인임을 인정하지 않을 수 없었다. 뒤에서 그를 가리키며 끔찍한 욕설이라도 되는 듯 유대 인이라고 수군대는 사람들이 점점 늘어 갔다.

루이는 자기 눈에는 보이지 않지만, 다른 사람들에게는 뻔히 드러나는 어떤 치욕스러운 표시가 자신을 범죄자라고 온 세상에 알리고 있는 건 아닌지 혼자 생각해 보기도 했다. 그렇지 않다면 내가 유대 인이란 걸 어떻게 알아보았을까? 루이는 거울 앞에서 한참 동안 자기 얼굴을 샅샅이 훑어보았지만, 별다른 점은 찾아낼 수 없었다. 루이는 거울에 비친 자신을 향해 "더러운 유대 인 녀석아, 안녕!" 하며 인사를 했다. 그 말을 내뱉는 순간 갑자기 온몸에 소름이 돋았다.

학교에서의 일이었다. 쉬는 시간에 새로 담임을 맡은 라브리 선생이 다른 아이들 모르게 루이를 불렀다.

"네 아버지는 탄광에서 일하시지?"

"예, 선생님."

"네 국적은 폴란드지?"

"아니에요, 선생님. 프랑스예요."

라브리 선생이 얄팍한 입술을 오므렸다. 선생의 입술 위로 숱이 적은 콧수염이 매달려 있었다.

"물론 그렇겠지! 네 아버지 이름은 아브라함이지?"

루이는 말을 더듬었다.

"아니…… 아니에요. 뤼시앵이에요."

앙투안 라브리 선생은 화가 난 듯했다. 그는 잠시 자리를 뜨더니 곧 서류를 흔들어 대며 교실로 들어왔다.

"무슨 헛소리를 하는 거냐, 루이? 서류에 네 부모 이름이 분명히 적혀 있는데. 아브라함 포드스키, 한나 포드스키, 국적은 폴란드, 폴란드 피오트르쿠프 출신이라고……."

라브리 선생은 칠판을 지우는 데 쓰는 지저분한 헝겊 더미와 분필 조각들 속으로 서류를 거칠게 내던졌다. 그러면서 마흔

명이나 되는 학급 아이들 모두를 향해 훈시하듯이 큰 소리로 말했다.

"따라서 넌 유대 인이 맞아! 유대 인을 유대 인이라고 부르는데, 뭐가 문제야?"

그 뒤로 루이는 복도에서 마주치는 선생님들마다 자기를 유심히 관찰한다는 사실을 알아차렸다.

어느 날 결국 싸움이 터지고 말았다. 상급생인 라브리 선생의 아들이 루이에게 '역겨운 유대 놈' 이라고 욕을 했던 것이다. 루이는 커다란 여드름이 덕지덕지 난 녀석의 코에 주먹을 날렸다. 녀석의 푸른색 덧옷 위로 코피가 쏟아졌다. 라브리 선생은 자기 아들에게 벌로 작문 숙제를 하나 더 내 주고는 학급 아이들 앞에서 짐짓 상냥한 목소리로 이렇게 말하는 것이었다.

"얘들아, 유대 인이라고 놀리면 안 돼. 루이는 우리 반에서 가장 우수한 학생이잖니? 그러니 더욱더 그래선 안 된다."

이리하여 루이가 유대 인이란 사실이 학교 전체에 퍼졌다. 하지만 아이들은 별 관심이 없었다.

그런데 그로부터 얼마 후 사태는 더욱 심각해졌다. 성적이 우수한 루이는 늘 적극적으로 수업에 참여했다. 어느 날 라브리 선생이 아이들에게 물었다.

"아무 노래나 괜찮으니까 누가 친구들에게 노래를 가르쳐 줄 수 있을까?"

"저요, 선생님!"

루이가 풍금 뒤로 가서 앉자 교실이 쥐 죽은 듯 조용해졌다. 루이는 시험 삼아 건반 몇 개를 두드려 보았다. 그러고는 호흡을 가다듬고 노래를 시작했다.

체리가 빨갛게 익을 때면
명랑한 꾀꼬리들, 장난기 많은 티티새들
모두가 즐거워할 거예요.
아가씨들 마음은 한껏 부풀어 오르고,
연인들은 가슴이 뜨거워질 거예요.
체리가 빨갛게 익을 때면
장난기 많은 티티새들은 더욱더 소란스럽게 지저귀겠지요.

루이의 노래는 흠잡을 데 하나 없었다. 낡은 풍금이 내는 소음조차 거슬리지 않는 듯 아이들은 루이의 노랫소리에 귀를 기울였다.

　　체리가 익어 가던 그때를 영원히 잊지 못할 거예요.
　　그때의 아팠던 기억도 마음속에 간직할게요.
　　언젠가 행운이 찾아와 준다 해도
　　나의 아픔을 사그라지게 할 순 없어요.
　　체리가 익어 가던 그때를 영원히 잊지 못할 거예요.
　　그리고 그때의 기억을 마음속에 간직할게요.

　루이는 풍금의 건반 덮개를 덮었다. 그러고는 기분이 좋은 듯 살며시 미소를 지었다.
　"지금 뭐 하는 거냐? 학교 교실에서 공산주의자들의 노래를 부르다니! 네 부모는 유대 인인 데다 공산주의자이기까지 한 모양이지?"
　화가 난 라브리 선생이 큰 소리로 말했다.
　'차마 말로 표현하지 못할 행동으로 학교 수업을 방해했다.'는 이유로 루이 포드스키는 이틀간 정학에 처해졌다. 그때 루이는 자기 부모가 유대 인이면서 공산주의자이고, '체리의 계절'은 공산주의자들의 선전용 노래이며, 그 노래를 부르면 감옥에 간다는 사실을 알게 되었다. 루이는 처음으로 들은 '공산주의자'라는 단어가 무얼 뜻하는지 무척 궁금했다.

라디오도 자전거도 가질 수 없어!

 아브라함 포드스키는 곁채의 작업실에 작은 은신처를 만들고 자투리 나뭇조각들을 수북이 쌓아 올려 위장했다. 은신처라고는 해도 루이가 몸을 잔뜩 웅크리지 않고서는 들어갈 수 없을 만큼 작은 공간이었다. 간신히 들어간다 해도 몸을 움직이기는커녕 겨우 숨이나 쉴 수 있을 정도였으므로 두어 시간 버텨 내기도 쉽지 않았다.

 "혹시라도 독일군이나 프랑스 경찰이 우리 집에 오면, 넌 이곳에 숨어 있어야 한다."

 아브라함이 단호하게 말했다.

 "엄마 아빠는요?"

"우린 우리가 알아서 할 거야. 내 말대로 하겠다고 약속해!"

루이는 그렇게 하겠다고 약속했다. 하지만 마음속으로는 그런 비겁한 행동은 절대로 하지 않겠다고 맹세했다. 만일 경찰이 부모님을 잡아가려 한다면, 그들을 죽이고 말 것이다. 무슨 일이 있어도 아버지가 만든 저 우스꽝스러운 쥐구멍 속에 겁쟁이처럼 혼자 숨어 있진 않을 거야! 발길질 한 번이면 무너지고 말 것 같은 저곳에는 절대로!

부모님은 이처럼 당치도 않은 충고를 날마다 되풀이했지만, 루이는 건성으로 듣고 흘려버렸다. 부모님의 말을 듣고 있으면 유대 인들에게 엄청난 재앙이 닥쳐오든지 온 세상이 당장 잿더미로 변해 버리기라도 할 것 같았다. 하지만 유대 인들을 위협하는 실체가 무언지 너무 막연해서 도무지 현실로 받아들여지지가 않았다.

"경찰이 탄광촌 안으로 들이닥치면, 그 즉시 달아나야 한다. 아무도 모르는 곳에 가서 숨어 있어야 해. 누가 문을 두드려도 절대 대답해선 안 돼!"

아브라함은 아침에 일터로 나갈 때마다 똑같은 말을 되풀이했다. 그리고 자기가 없는 동안 집에 무슨 일이 일어날까 봐 늘

전전긍긍했다.

　루이는 부모님이 쓸데없는 걱정을 한다고 생각했다. 도처에서 경찰이 감시하고 있다는 부모님의 말씀과는 달리 루이는 평소와 다른 점을 좀처럼 발견할 수 없었다. 거리에서 마주치는 경찰관들에게서도 수상쩍은 낌새는 전혀 보이지 않았다. '친구 카페'나 학교에서, 심지어 라디오 방송에서도 유대 인들이 조롱거리가 되고 갖은 모욕과 중상모략에 시달리는 건 사실이었지만, 루이의 주변에서는 별다른 일이 일어나지 않았다.

　아니다! 특별한 일이 있긴 했다. 한나가 결국 도레미 선생을 찾아갔던 것이다. 루이는 두 분이 만나는 자리에 동석하진 못했지만, 그날 이후로 아버지의 충고는 한 가지가 더 늘어났다.

　"경찰이 들이닥치면, 도레미 선생을 찾아가거라."

　좀 이상하다는 생각이 들긴 했지만, 루이는 아버지의 충고를 받아들이기로 했다. 그 후로도 '친구 카페'와 탄광촌을 오가는 생활은 변함없이 계속되었다. 그동안 루이는 제법 많은 돈을 벌 수 있었다. 그전부터 해 오던 카페 심부름 말고도 카페의 단골손님들을 상대로 고기 장사를 했던 것이다.

　식량 문제가 손님들의 입에 자주 오르내리더니, 나중에는 그게 유일한 관심사가 되었다. 전쟁 중이라서 모든 물자가 부족했다. 비엘로 씨는 주사위 게임을 하다가도 식량을 빼앗아 가는 자들을 향해 욕설을 퍼부었다. 시르맹 형제도 도저히 못 살겠다고 아우성을 쳤다. 식량 문제는 정말 심각했다. 불평을 늘어놓지 않는 사람은 하나도 없었다. 도레미 선생도 예외일 수 없었다. 도레미 선생은 카페에서 루이와 마주쳐도 친한 내색을 하지 않았다.

주인아주머니와 아저씨는 말이 없었다. 독일군 고객들과의 은밀한 거래 덕분에 식량 문제로 곤란을 겪지 않아도 되었던 것이다.

주인 부부는 뒤쪽 골방에서 종종 눈에 띄는 통조림, 커피, 설탕, 그 밖의 여러 물건들을 독일군에게서 받는 대신 도대체 무얼 갖다 주는 걸까?

어느 날 루이는 비엘로 씨에게 비둘기 한 마리를 팔았다. 티에르 공원의 곰 동상 아래에 숨어 있던 비둘기를 새총으로 쏘아 잡았던 것이다. 비둘기 고기가 맛이 좋았던지 비엘로 씨가 루이에게 고기를 더 주문했고, 그 소문은 삽시간에 '친구 카페'의 단골들에게 퍼졌다.

어느새 고기 장사꾼이 된 루이는 본격적으로 그 일에 나섰다. 그런데 공공장소를 더럽히곤 하던 비둘기의 질긴 고기를 좋아하는 사람들이 하나 둘 늘어 감에 따라 비둘기가 한 마리도 남아나지 않게 되었다. 그래서 루이는 들판으로 나가 까마귀, 까치, 어치 같은 들새들을 잡아 왔다. 1941년, '친구 카페'의 단골손님들은 까마귀 고기 요리를 즐겼다. 루이의 인기도 높아졌다. 시내에서는 더 이상 찾아볼 수 없는 비둘기를 어디서 조달하는지 의심하는 사람은 아무도 없었다.

루이 포드스키는 꽤 많은 돈을 벌었지만 그 돈을 어디에 쓸지는 자신도 알지 못했다. 어머니가 돈 때문에 마음고생 하는 것을 볼 때면, 전 재산을 숨겨 놓은 양철통을 땅에서 파내고 싶은 생각이 간절했다. 하지만 부모님이 자기 말을 믿어 줄 것 같지가 않았다. 부모님은 루이가 불법 밀거래나 도둑질 같은 나쁜 짓으로 돈을 벌었다고 생각할 게 뻔했다. 까마귀를 비둘기라고 속여 팔았다고 하면 아버지가 용서할 리 없었다.

이렇게 살아가던 몇 달 동안에도 루이는 유대 인들에게 큰 위험이 다가오고 있다는 것을 알아차리지 못했다. 그런데 1941년 5월 15일, 아브라함과 한나의 걱정이 자식에 대한 막연한 보호

본능에서 비롯된 게 아니라는 사실이 명백히 드러나게 되었다. 그날, '친구 카페' 안으로 질풍처럼 들이닥친 비엘로 씨는 카운터에 자리를 잡고 앉아 팔꿈치를 괸 채 평소처럼 맥주를 주문했다. 그러고 나서 기분이 좋은 듯 큰 소리로 외쳤다.

"모두들 라디오 방송을 들었겠지? 그놈들을 손볼 날이 곧 찾아올 거라고 내가 말한 거 기억나나? 좀 늦어지긴 했지만 이번에는 일이 제대로 될 것 같단 말이야!"

그는 맥주를 단숨에 들이켜고 카페를 떠났다. 그 소식을 온 시내에 알리고 싶어 마음이 조급해진 까닭이었다. 그 소식은 벌써 신문 첫 페이지를 장식하고 있었다.

어제, 1941년 5월 14일 프랑스 경찰은 파리 시에서 약 4,000명의 유대 인을 체포했다. 이들은 대부분 폴란드와 체코에서 이민 온 사람들로 피티비에 및 본라롤랑드*에 있는 수용소에 수용되었다.

그리고 1941년 8월, 으젠 브리구드라는 시청 공무원이 포드

---

*둘 다 파리 남쪽에 있는 작은 도시. — 옮긴이

스키 가족의 집을 찾아왔다. 키가 작고 마른 체구의 그 공무원은 어두운 색 양복을 입고 몸집에 비해 너무 커 보이는 베레모를 쓰고 있었다. 그는 예의를 갖추어 자기소개를 하고 나서 찾아온 이유를 단도직입적으로 설명했다.

"라디오 수신기와 자전거를 압수하라는 명령을 받고 왔습니다. 유대 인들은 그런 물건을 소지할 수 없다는 결정이 내려졌거든요. 부당한 결정인 줄은 알지만……. 이런 일을 하는 나도 마음이 편치는 않아요. 이해해 주셨으면 합니다."

아브라함과 한나는 아무런 항의도 하지 않았다. 그런 결정이 내려졌다는 소식은 신문이나 방송을 통해 이미 알고 있었다. 그래서 경찰이 찾아올 거라 예상했는데 뜻밖에도 예의 바르고 염치를 아는 공무원이 찾아왔다는 사실이 놀라울 따름이었다. 그 누구도 유대 인들을 위협하는 미지의 괴물에 맞서 저항할 수 없다는 것을 이미 깨달았던 까닭인지 언제부터인가 포드스키 부부는 부당한 일을 당해도 대응조차 하지 않았다.

하지만 루이는 화가 났다. 무엇보다도 모든 걸 체념한 듯한 부모님의 태도가 마음에 들지 않았다. 왜 아무런 이유 없이 우리 집 물건을 빼앗아 가는 거야! 탄광촌의 다른 사람들은 털끝

하나 건드리지 않으면서! 자전거는 우리 가족에게 없어선 안 되는 물건인데, 왜 하필 그걸 가져가는 거야! 다음번에는 가구나 옷, 심지어 집을 내놓으라고 할지도 모르잖아! 황당한 일이 눈앞에서 벌어지고 있는데도 얻어맞은 개처럼 찍소리도 못하다니!

루이는 집 앞에 세워 둔 작은 트럭에 라디오 수신기를 싣고 있는 그 공무원에게 달려가서 소리쳤다.

"언젠가 널 죽이고 말 거야, 이 더러운 도둑놈아!"

이제 부모님이 달려 나와 아들의 잘못을 용서해 달라고 손이 발이 되도록 비굴하게 빌겠지! 이런 생각이 들자 루이는 곧 그 자리를 떴다.

파란색을 칠한 자전거……. 내가 아주 어렸을 때 나를 뒤에 태우고 다니려고 아버지가 나무판자로 짐받이를 만들어 놓으셨지……. 도망치는 동안에도 자전거 생각이 내내 머릿속을 떠나지 않았다. 아버지가 얼마나 공들여 손질했던가! 그건 일요일 아침마다 벌어지는 행사였다. 아버지가 정성껏 마른걸레질을 하면 자전거에서는 반짝반짝 윤이 났다. 그럴 때면 루이는 작업실 문짝 뒤에 숨어 아버지가 자전거를 닦으며 중얼거리는 소리를 엿듣곤 했었다.

　루이는 곧장 샹폴리옹 광장 화장실로 들어가서 입고 있던 골프 바지를 내렸다. 그러고는 낮은 목소리로 할례를 받은 성기를 향해 욕설을 퍼부었다. 바로 그날, 루이의 마음속에 아주 작은 증오의 씨앗이 움트기 시작했다. 마치 몸속에서 악성 종양이 생겨나는 것처럼. 자기 가족을 불행하게 만든 원흉이 누군지, 마음껏 분풀이할 대상이 누군지 알 수 없다는 것이 루이를 더욱 힘들게 했다. 으젠 브리구드 한 사람을 죽인다고 해결될 문제가 아니었다.

　문득 어쩌면 프란츠 홍거에게 도움을 받을 수 있을지도 모른다는 생각이 들었다. 벌써 몇 달 전부터 '친구 카페'와 독일군 사령부 지부를 오가며 심부름을 해 줬는데, 설마 모른 체하진 않겠지! 그 독일군 장교가 어떻게 나올지 확신이 서진 않았지만 다른 방법이 없었다. 일이 잘 풀리면 적어도 자전거는 되찾을 수 있을 거야.

　당번병이 반갑다는 표시로 눈을 찡긋하며 루이를 맞아 주었다. 물랭 가 27번지에서 루이는 이제 낯선 얼굴이 아니었다. 루이가 찾아가면, 그곳 사람들은 "안녕, 꼬마야!"라며 장난기 어린 어조로 인사를 건넸다. 스무 명쯤 되는 그곳 군인들은 아직 더듬거리긴 해도 프랑스 말을 할 줄 알았다. '꼬마 루이'의 프랑스 어 수업이 효과가 있었는지 속어나 욕설 몇 마디쯤은 알아들었다.

"중위님은 지금 무척 바쁘셔."

당번병이 말했다.

루이는 급히 전할 말이 있다고 둘러댔다. 새로운 사실을 알아냈는데 누군가 음모를 꾸미고 있는 것 같다는 등……. 마침내 면담 허가가 났다.

그런데 프란츠 홍거 중위는 며칠 전부터 기분이 몹시 언짢았다. 상부로부터 물랭 가의 업무 실적이 형편없다는 지적과 함께 지부 사무실을 곧 폐쇄하겠다는 통보를 받았던 것이다.

"이 시간에 여긴 웬일인가?"

프란츠 홍거 중위가 퉁명스러운 얼굴로 물었다.

루이는 어른을 대하는 듯한 중위의 말투에 도무지 익숙해지지가 않았다.

"사람들이 와서 우리 집에 있는 자전거와 라디오를 빼앗아 갔어요."

루이가 분하다는 듯 소리쳤다.

"빼앗아 갔다고?"

루이가 당시 상황을 자세히 설명했다. 그러자 프란츠 홍거는 그 기다란 체구가 흔들거릴 정도로 크게 웃음을 터뜨렸다. 너무 웃어 안경알 아래로 눈물이 흘러내렸다. 그가 안경을 벗자 검은색으로 보일 만큼 깊고 어두운 녹색 눈동자가 드러났다. 루이는 당황했다. 그동안 중위는 빈정거리는 태도를 보이면서도 깍듯한 예의나 침착함을 잃는 법이 없었다. 어쩌다가 다정하게 굴 때에도 감정을 드러내는 일은 거의 없었고, 그저 성실한 독일군 장교로서 점령군 역할에 충실할 뿐이었다.

"그렇다면, 넌 유대 인이 분명하구나! 일이 재미있게 돌아가는군!"

중위가 불쑥 말을 내뱉었다.

루이는 유대 인이라는 말보다 중위의 입에서 나온 반말 투가 더 당황스러웠다. 그리고 곧 자기가 유대 인이란 사실이 발각되었음을 깨달았다. 갑자기 속에서 극심한 통증이 일었지만 꾹 참고 말했다.

"그렇지 않아요……. 왜 그런 말을 하는 거죠?"

홍거는 소파에서 일어나더니 천천히 책상 주위를 걸었다.

"넌 내가 생각했던 것만큼 영리하지는 못하구나, 바보 같은 녀석아! 자전거와 라디오 수신기를 압수당했다면, 그건 네가 틀림없이 유대 인이란 얘기야. 유대 인들은 자전거를 소지할 자격이 없는 놈들이지. 물자가 부족한 지금, 프랑스 경찰이 유대 인들에게 그런 물건을 압수해 갔다면 그건 대단히 잘한 일이야. 유대 놈들이 반역자 드골*의 연설이나 영국 방송을 들으려고 라디오를 켤 게 뻔하니까. 그리고 너, 감히 독일군 사령부로 그걸 따지러 오다니! 정말 어리석은 녀석이로구나."

중위는 또다시 웃음을 터뜨리면서 사무실 문을 열고 크게 소리쳤다.

"오토, 들어와!"

나이 어린 병사가 방으로 달려왔다. 홍거 중위가 독일어로 설명했다.

---

*샤를 드골(1890~1970). 군인이자 정치가. 2차 대전 중 프랑스가 독일에 패하자 영국으로 망명해 프랑스의 레지스탕스 운동을 이끌었다. 해방 후, 프랑스 제5공화국 대통령이 되었다. — 옮긴이

"이 꼬마 녀석이……, 그동안 우릴 위해 충실히 일했던 우리의 비밀 정보 요원이 유대 놈이란다! 너는 첫눈에 그걸 알아보았다고 그랬지? 네 능력을 인정하지. 축하한다!"

두 사람의 대화는 계속되었다. 그들은 이야기하는 도중에도 간간이 웃음을 터뜨렸다. 루이는 창피해서 쥐구멍에라도 들어가 버리고 싶은 심정으로 한참을 서 있어야 했다. 마침내 오토가 방을 나갔다.

"유대 인 꼬마 녀석아, 얼른 사라져! 아니, 잠깐만! 그 전에 물어볼 게 있다. 그로장이란 사람이 누군지 알지?"

프란츠 홍거가 말했다.

"몰라요."

"물론 그렇게 대답하겠지, 이 거짓말쟁이 유대 인 꼬마 놈아! '친구 카페'에 포커를 치러 오는 피아노 선생 말이야……. 도레미인지 뭔지 하는……."

루이는 등골이 오싹했지만 무슨 말을 하는지 전혀 모르겠다는 표정을 지었다. 그러자 프란츠 홍거가 벌컥 화를 냈다.

"억지로 바보인 체할 필요 없어! 네가 얼마나 멍청한지는 방금 전에 드러났잖아! 물론 넌 그자를 알고 있어. 누구보다도 더 잘 알겠지. 그자에게 피아노를 배우고 있으니까!"

독일군 중위는 한껏 비꼬는 웃음을 지었다.

"그래, 난 네가 생각하는 것보다 훨씬 더 많은 것을 알고 있어! 그렇지만 아직도 더 많은 정보가 필요해……. 그러니까 너랑 나랑 한 가지 계약을 맺기로 하자. 그 도레미 선생을 잘 감시해라. 그가 무슨 이야기를 하는지, 가까이 지내는 사람이 누군지 알아낸 다음, 한두 주 후에 와서 내게 알려 주는 거야. 그러면 내가 그 대가로 자전거와 라디오를 돌려주마. 어때? 마음에 드나?"

루이는 힘없이 고개를 끄덕였다. 그러자 독일군 중위가 예의 그 빈정대는 어조를 버리고 다정한 목소리로 말했다. 목소리가 달라지자 각이 진 얼굴선이 조금 부드러워졌다.

"꼬마야, 피아노는 잘 치니?"

"조금……."

"나를 따라오너라! 옆방에 피아노가 있어. 네 솜씨가 어느 정돈지 보고 싶구나. 피아노를 연주할 줄 안다는 건 행운이야. 음악은 인간의 영혼이거든!"

루이는 하는 수 없이 프란츠 홍거를 따라갔다. 옆방에는 건

반이 누렇게 바랜 낡은 피아노가 있었다. 피아노 앞에 앉은 루이는 무심코 '체리의 계절'을 연주했다. 하지만 곧 첫 소절에서 손가락을 멈추고 잠시 숨을 돌린 다음 '달빛 아래에서'를 연주하기 시작했다.

부미랑 가족의 탈출

'친구 카페'의 뒤쪽 골방으로 들어가던 루이는 통로에 어지러이 놓여 있던 가방 더미에 걸려 앞으로 고꾸라지고 말았다. 루이가 몸의 균형을 잡으려고 한쪽 구석에 있는 선반을 붙들려는 순간, 선반이 흔들리면서 여남은 개쯤 되는 아페리티프 잔이 바닥으로 쏟아져 내렸다. 유리잔 깨지는 시끄러운 소리가 온 집 안에 울려 퍼졌는데도 인기척이 나지 않았다. 카페에는 손님이 하나도 없었고, 주인 부부도 보이지 않았다. 게다가 복도에 낯선 짐 가방들이 놓여 있는 것도 의아스러웠다. 잔 아주머니는 잠시도 가게를 비우지 않는데……. 아주머니가 여행이라도 떠나려는 걸까? 아무리 생각해도 그건 아니었다. 아무튼 집 안이 이렇게 고요한 데다 주인 부부도 보이지 않고, 수상쩍은 짐 가방들이 놓여 있는 걸로 보아 무언가 예사롭지 않은 일이 벌어지고 있는 게 틀림없었다.

루이는 바닥에 흩어진 유리 조각들을 쓸어 모아 쓰레기통 안쪽에 숨기고는 새 유리잔들을 꺼내다가 선반에 올려놓았다. 하지만 그래 봤자 들통 날 게 뻔했다. 잔 아주머니는 종류마다 잔이 몇 개씩 있는지 시시콜콜 알고 있었으니까. 루이는 차라리 잘못을 고백하는 게 낫겠다 싶어서 유리 조각들을 다시 꺼내 대리석 탁자에 올려놓았다. 그러고는 어떻게 해야 할지 망설이다가 안쪽을 향해 소리쳤다.

"아무도 없어요?"

"……아무도 없어요?"

메아리만 나지막이 들려왔다.

하릴없이 사방을 둘러보던 루이는 짐 가방을 발로 툭 쳐 보았다. 상당히 묵직한 느낌이 발끝으로 전해졌다. 순간 가방 틈으로 비어져 나온 천 조각이 보였다. 루이가 살며시 한쪽 끝을 잡아당기자 푸른색 천 조각이 단번에 빠져나왔다. 천 조각에 싸여 있던 지폐 두 장도 함께 나왔다. 당황한 루이는 지폐와 천 조각을 얼른 가방 속으로 밀어 넣었다. 그러고는 누군가가 갑자기 나타날 것만 같아서 아무 생각도 하지 않고 어두컴컴한 복도로 달려 들어갔다.

긴 복도는 주인 부부의 거처로 향하는 나무 계단으로 이어져 있었다. 잔 아주머니는 그곳은 사생활 구역이라며 누구도 안으로 들이지 않았다. 아주머니는 카페에서는 모든 손님을 친절히 대했지만, 자기만의 거처로 발을 들여놓는 순간부터는 '카페 여주인 잔'이 아니라 '자네트 보주르'라는 평범한 가정주부로 돌아갔다. 만일 손님들 중 누군가가 그 선을 넘어설라치면 아주머니는 사정없이 그를 쫓아냈다.

루이는 층계 난간에 기댄 채 계단을 주의 깊게 살폈다. 목소리를 낮추어 누구 없느냐고 불러 보았지만 아무 대답도 들려오지 않았다. 그렇게 망연히 서 있는데 어디선가 얼핏 사람 발자국 소리가 들리는 것 같았다.

루이는 잔 아주머니에게 야단맞을 각오를 하고 살며시 계단을 두어 개 올라갔다. 심장이 쿵쿵 뛰었다. 겁에 질린 루이는 이번에는 큰 소리로 사람을 불렀다. 그러자 갑자기 발자국 소리가 딱 멈췄다. 루이는 놀라서 몸을 비틀거리다 계단 난간을 꽉 붙잡왔다.

도둑이 들어온 걸까? 잔 아주머니가 밧줄에 꽁꽁 묶여 있고, 강도에게 얻어맞은 아저씨가 바닥에 널브러져 있는 장면이 순식간에 머릿속을 스쳤다. 저 짐 가방들 속에는 돈이며 빼앗긴 물건들이 들어 있을지도 몰라!

루이는 재빨리 나머지 계단을 뛰어 올라가 문을 두드렸다. 어디선가 고양이 울음소리가 들려왔다. 열쇠 구멍으로 방 안을 살펴보았지만 커다란 옷장의 어두컴컴한 그늘 사이로 누르스름한 형체만 어렴풋이 보일 뿐이었다.

루이의 심장이 심하게 요동쳤다. 헐떡이는 루이의 숨소리만이 고요한 정적을 가르며 집 안 가득 울려 퍼지는 것 같았다. 루이는 두려움을 억누르고 사력을 다해 숨을 멈춰 보았다. 그러자 집 안이 다시 고요해졌다. 아, 내가 낸 소리였구나.

루이가 안심하고 몸을 막 돌리려는 그때, 마룻바닥이 삐걱대는 소리가 들리면서 뒤이어 "쉿!" 하는 누군가의 목소리가 들려왔다.

루이 포드스키는 눈을 감았다. 어머니를 다시 보지 못할지도 모른다는 생각이 머릿속을 스쳤지만 용기를 내어 문을 열었다.

잔 아주머니가 부엌으로 쓰는 방 안에는 검은색 정장을 입은 부인과 아이 둘이 있었다. 세 사람 다 공포에 질린 얼굴이었다. 형으로 보이는 한 아이가 한쪽 손으로는 동생의 입을 틀어막고, 다른 쪽 팔로는 동생의 목을 감싸고 있었다. 어머니인 듯한 부인의 얼굴은 어두운 옷 색깔 때문인지 비정상적으로 창백해 보였다. 마치 완전히 생기를 잃은 몸통 위에 흰색 마스크를 올려놓은 형상이었다. 루이와 세 사람은 할 말을 잊은 채 멍하니 서로를 쳐다보았다. 잠시 후 루이는 자기가 잔 아주머니의 부엌에 들어와 있다는 것을 까맣게 잊어버리고 세 사람에게 물었다.

"여기서 무얼 하고 있죠?"

부인은 아무 말 없이 아이들에게 다가가 그들을 꼭 끌어안았다. 잔뜩 겁을 집어먹고 아이들을 보호하려는 몸짓 같았다. 루이는 참으로 난처했다. 마침내 루이가 나이 들어 보이게 하는 모자를 벗자, 키만 껑충하게 큰 열세 살짜리 소년의 앳된 얼굴이 드러났다. 그제야 안심이 되었는지 큰 아이가 용기를 내어 말했다.

"너야말로 여기서 무얼 하고 있지? 허락은 받고 들어온 거야? 우리는…… 잔 아주머니가 시킨 대로 여기서 아주머니를 기다리는 거야. 또…….”

부인이 낮은 목소리로 말했다.

"마르크, 입 다물고 가만히 있어.”

부인이 조심스럽게 루이에게 다가왔다.

"우리는 잔 아주머니를 잘 알아요. 아주머니는 곧 돌아오실 거예요…….”

"아! 그러세요!”

루이가 어정쩡한 목소리로 대답했다.

아무튼 더 이상 캐물을 새도 없었다. 잔 아주머니가 계단을 올라오는 소리가 들렸던 것이다. 아주머니는 루이가 자기 부엌에 들어와 있는 걸 보고도 크게 놀라지 않았다.

"아! 네가 와 있었구나! 상관없어. 언젠가는 다 알게 될 거라고 생각했으니까.”

잔 아주머니가 말했다. 그러고는 의자에 털썩 주저앉으며 가쁜 숨을 내쉬었다. 아주머니의 뚱뚱한 몸은 피로로 녹초가 되어 있었다. 아주머니는 반지 낀 손으로 붉어진 얼굴에 연방 부채질을 해 댔다.

"이젠 계단을 오르는 것도 너무 힘들어……. 아무튼 일이 잘 풀리지 않았어요. 길을 안내할 사람이 열흘 동안 집을 비운대요. 어떻게 해야 좋을지 막막하네요."

검은 옷을 입은 부인은 실망으로 눈빛이 흐려졌지만 아무 말도 하지 않았다. 마치 새장에 갇힌 새가 슬픈 눈으로 푸른 하늘을 바라보는 것 같은 모습이었다.

잔 아주머니가 루이의 손목을 잡았다. 루이는 아주머니의 무릎에 털썩 주저앉아 버리고 싶은 생각마저 들었다.

"무슨 일인지 설명해 줄게. 저…… 너도 이젠 이해할 수 있는 나이가 됐어. 이 사람들은 부미랑 부인과 두 아들, 마르크와 로베르란다. 이 가족은 남쪽 자유 지역으로 넘어가야 해. 난…… 내가 책임지고 일을 처리해 주겠다고 약속했거든. 그런데 길을 안내해 줄 사람이 지금 이곳에 없대. 이 이야기는 아무한테도 하면 안 된다. 그렇지 않으면, 난 감옥에 갇히는 신세가 돼. 알아들었니?"

아주머니가 걱정스러운 얼굴로 루이를 바라보았다. 그러더니 좀 더 상세하게 일러 주는 편이 사태의 심각성을 깨닫게 하는 데 좋을 거라고 생각했는지 말을 덧붙였다.

"이 사람들은 유대 인이란다. 그래서 독일군 점령 지역을 벗어나려는 거야. 사랑하는 룰루, 독일군들이 유대 인을 얼마나 미워하는지 너도 잘 알지? 감옥에 가두고, 그보다 더 끔찍한 짓을 저지를지도 몰라. 네가 어린애가 아니라면…….”

루이는 아이들의 얼굴을 쳐다보았다. 형인 마르크는 대담하게도 그를 째려보고 있었고, 동생 로베르는 눈을 감은 채 엄지손가락을 빨고 있었다.

“제가 분계선을 통과하도록 도와줄 수 있어요.”

루이가 불쑥 말했다.

“룰루, 쓸데없는 소리 하지 마라. 지금 농담할 때가 아니야. 너는 입을 다물어 주기만 하면 돼.”

자네트 보주르가 한숨을 쉬며 말했다.

루이는 다시 모자를 썼다.

“잔 아주머니, 저는 일주일에 두어 번씩 분계선을 넘어 다녀요.”

루이가 말을 마치자 방 안에 긴장감이 감돌았다. 창가에 떨어지는 빗방울 소리가 천둥소리만큼이나 크게 울리는 것 같았다. 로베르는 손가락 빨기를 멈췄고, 검은 옷을 입은 부인은 지그시 입술을 깨물었다. 잔 아주머니가 루이의 손목을 꼭 쥐었다.

"룰루, 어떻게 할 건지 말해 보렴."

루이는 바닥이 평평한 낡은 나룻배를 타고 강을 건넌다고 설명했다. 물론, 배를 주인 몰래 훔쳐 쓴다는 사실은 말하지 않았다. 루이는 독일군들보다도 배 주인에게 들킬까 봐 늘 신중하게 행동했고, 배를 사용하지 않을 때에는 나뭇가지들을 쌓아 올려 배를 감춰 두었다. 루이가 '친구 카페'의 단골손님들이 들새 고기로 만든 요리를 좋아했기 때문에 사냥하러 먼 곳까지 가지 않을 수 없었고, 또 까마귀와 어치도 자유 지역이 더 마음에 들었는지 강 건너편에 있는 숲에 둥지를 틀기 때문에 어쩔 수 없었다고 고백하자, 잔 아주머니도 루이의 말을 믿지 않을 수 없었다.

"그런데, 독일군들은?"

한 줄기 희망이 보였는지 부미랑 부인이 아주 작은 목소리로 물었다.

"독일군들은 날마다 정해진 시간에 강을 거슬러 올라가요. 그들이 순찰을 돌고 난 뒤에 뒤따라가면 아무 문제없어요. 벌써 수십 번도 더 해 봤는걸요."

초록빛이 나는 커다란 파리 한 마리가 흥분한 듯 유리창에 몸을 부딪치며 요란한 소리를 내고 있었다.

"룰루, 그럼 부미랑 부인과 이 아이들을 거기까지 데려다 줄 수 있겠니?"

"물론이에요. 오후 다섯 시에 마지막 순찰이 있을 거예요. 이 사람들을 내가 말한 장소에 30분 전까지 데려다 주기만 하면, 오늘 저녁에라도 강을 건널 수 있어요."

"세상에 그런 일을 해 주다니……. 사랑하는 룰루, 어떻게 고마움을 표시해야 할지 모르겠구나! 네게 10프랑, 아니 20프랑을 줄게!"

검은 옷을 입은 부인은 마치 기나긴 악몽에서 깨어난 사람처럼 보였다. 창백했던 얼굴에도 생기가 돌았다.

"나도 충분히 보답할게."

부인은 아직까지도 힘이 없는 목소리로 말했다.

루이 포드스키는 고개를 돌렸다. 그러고는 잠시 동안 방 안을 둘러보다가, 방향을 잃고 이리저리 날아다니는 파리를 응시했다. 그는 유리창으로 다가가 두꺼운 무명 커튼을 걷어 올리고는 손바닥으로 파리를 내려쳤다.

"돈은 필요 없어요. 대가는 바라지 않아요."

루이가 차분하게 말했다.

낡은 소형 트럭 하나가 46번 지방 도로변에 세 사람과 커다란 짐 가방을 내려놓았다. 먼저 도착한 루이는 도로 보수 공사를 하는 인부들이 쉬는 허름한 가건물에 숨어 주머니칼로 삽자루에 글자를 새기며 일행을 기다리고 있었다. 평소에도 그곳에 들어앉아 글자를 하나하나 새기다 보면 시간 가는 줄 몰랐다. '라브리 선생은 더러운 위선자'라는 글귀가 완성되어 가고 있었다. 루이는 마지막 글자를 마저 끝내지 못하고 도구를 정리했다. 자유 지역으로 몰래 들어가는 건 벌써 여러 차례 해 본 터라 조금도 흥분되거나 떨리지 않았다. 길 저편에서 일행이 눈에 띄자 루이는 휘파람을 불어 신호를 보냈다.

"오늘은 짐 가방을 가져갈 수 없어요. 다 실으면 배가 무게를 감당하지 못할 거예요. 이 가건물에 두었다가 내일 아침에 갖다 드릴게요."

루이가 말했다.

엘비르 부미랑 부인은 아무 말이 없었다. 그녀의 안색은 아직도 창백했고, 금방이라도 쓰러질 것처럼 힘이 없어 보였다.

마르크는 루이와 동갑쯤 돼 보였는데 아버지 대신 가장 역할을 하려 애쓰는 게 역력했다. 때로는 동생을 엄하게 다루기도 하고, 때로는 다정스럽게 타이르기도 했다.

형제는 비슷한 모양의 짙은 감색 반바지와 같은 색 스웨터를 입고, 샌들을 신고 있었다.

루이는 앞으로의 여정을 자세히 설명했다. 먼저 사방으로 트인 풀밭을 지나야 하는데, 도로를 지나다니는 사람들의 눈에 띄지 않으려면 가급적 빨리 움직이는 게 좋다. 다음에는 미루나무 숲 가장자리를 따라가다가 두 개의 밀밭을 지나게 된다. 그곳을 통과하면 강까지 포도나무가 줄지어 서 있는 드넓은 포도밭이 나타나는데 여기서부터는 더욱 조심해야 한다. 강 상류 쪽에 있는 독일군 초소에서 망원경을 통해 다 볼 수 있기 때문이다.

네 사람은 한참 동안 몸을 구부린 자세로 앞으로 나아갔다. 때로는 땅에 엎드린 채 기어가기도 했다.

"우리 인디언 놀이 하는 거야?"

로베르가 신난다는 듯 소리쳤다.

"조용히 해! 이건 놀이가 아니야! 알아들었어? 말을 안 들으면 독일군이 우릴 모두 잡아갈 거야!"

형이 꾸짖었다. 그러자 동생은 곧 울음을 터뜨릴 것 같은 표정을 지었다. 꼬마는 엄지손가락을 입에 문 채 아무 소리도 내지 않았다. 예닐곱 살이나 되었을까? 형을 아버지처럼 여기는 것 같았다.

네 사람은 다시 걷기 시작했다. 도로에는 아무도 보이지 않았다. 하지만 독일군 순찰대가 언제 나타날지 모르기에 잠시도 마음을 놓을 수 없었다. 부미랑 부인은 종종걸음을 치며 재빨리 걸어갔다. 그러면서 틈틈이 도로 쪽을 살폈다. 그녀는 몹시 지쳐 있었고, 눈 주위가 푸르스름했다. 무사히 통과할 수 없을 거라고 지레 짐작하고는 모든 걸 포기한 사람처럼 보였다.

머릿속에서는 각자 많은 생각이 오갔겠지만, 다들 아무 말 없이 앞으로 걸어갔다. 작은 숲이 나타나자 비로소 한숨을 돌릴 수 있었다. 루이는 몇 분 동안 쉬었다 가자고 했다. 부미랑 부인과 로베르는 한쪽 구석으로 가서 앉았다. 꼬마가 어머니의 품을 파고들었다.

"그럼, 넌 유대 인이니?"

루이가 마르크에게 불쑥 말을 걸었다.

뜻밖의 질문에 마르크는 말없이 고개를 끄덕였다. 그러고는 홀로 서 있는 미루나무에 등을 기댔다.

"네 동생과 어머니도?"

마르크는 어깨를 으쓱했다.

"나도 유대 인이야."

루이가 말했다. 그러자 긴장이 풀렸는지 마르크의 얼굴에 웃음이 번졌다.

"아! 그래서 우리가 자유 지역으로 넘어가는 걸 도와주는 거구나?"

"그렇진 않아. 너희 가족을 돕는 건…… 내가 잔 아주머니를 좋아하기 때문이야."

루이가 중얼거렸다. 마르크는 저 멀리 지평선을 바라보았다.

"넌 독일군이 무섭지 않니? 왜 우리처럼 자유 지역으로 피신하지 않니?"

루이는 마르크의 질문에 대답하는 대신 평소 궁금했던 것을 물었다.

"넌 네가 유대 인이란 걸 어떻게 알았니?"

"지금 농담하는 거니?"

"천만에! 나도 유대 인이지만, 내가 왜 유대 인인지는 모르겠어. 그거…… 할례 받은 거 말고는……."

마르크는 웃음을 터뜨렸다.

"할례라고! 지금 날 놀리는 거지? 유대 인이라면 매일매일 기도를 드리고, 안식일, 속죄절, 신년절 같은 명절을 지내잖아."

처음 들어보는 말들이 나오자 루이는 벌컥 화를 냈다.

"네가 어떻게 살아왔는지를 묻는 게 아니야. 자기가 유대 인이라는 걸 어떻게 알 수 있는지, 그것만 말해 주면 돼!"

그러고는 목소리를 낮춰 말을 계속했다.

"예를 들어, 너희 어머니는 자기가 유대 인이란 걸 어떻게 알았는지 그걸 가르쳐 달라는 거야. 그리고 독일 놈들이 너희가 유대 인이란 걸 어떻게 알았는지를 말이야!"

마르크는 루이가 장난을 치는 거라고 생각했다. 하지만 루이의 얼굴에서는 웃음기 어린 표정도, 장난치는 눈빛도 찾아볼 수 없었다. 루이의 표정은 심각하고도 고집스러워 보였다.

"왜 우리를 놀리는 거니? 우리가 무슨 잘못을 했다고."

마르크가 말했다.

포도밭을 지나는 건 역시 쉽지 않았고 따라서 시간도 무척 오래 걸렸다. 위험한 곳인 만큼 몸을 구부리거나 납작 엎드려 포도나무 사이를 뚫고 앞으로 나아가야 했기 때문이다. 마르크가 화를 내는데도 로베르는 요리조리 피해 다니며 인디언 놀이를 했다. 그러다가 싫증이 나면, 형이 부르는 소리엔 대답도 하지 않고 설익은 포도를 따 먹었다. 부미랑 부인은 절망과 실의에 빠져 부모로서의 권위를 포기한 것 같았다. 마치 말 잘 듣는 로봇처럼 루이가 시키는 대로 고분고분 따르는 부인의 모습은 우스꽝스럽다기보다는 차라리 딱해 보였다. 루이가 작전을 상세히 일러 주면 "네, 알았어요."라고 존댓말로 대답하는 경우도 있었다. 마르크는 어머니의 그런 태도가 불만스러운 듯했다. 하지만 루이가 의아스럽다는 얼굴을 하자 어머니를 위해 변명을 했다.

"엄마는 몸이 편찮으셔. 그곳에 무사히 도착해서 푹 쉬시면 곧 나아질 거야. 그동안 마음고생이 너무 심해서 그런 거야."

마르크는 환자를 안심시키려는 의사처럼 자신감 넘치는 목소리로 말했다.

"너희들은 어디로 가니?"

루이가 조심스럽게 물었다.

" '돌'이라는 도시 근처에 있는 마을로 갈 거야. 수녀님들이 동생과 나를 받아 주기로 했어. 우린 수녀원에서 운영하는 학교에 다니게 될 거야."

그러다 갑자기 마르크의 목소리가 희미해졌다.

"엄마는 우리와 함께 지내지 못한대. 엄마는 농장에서 일하게 될 거야. 그래도 가끔씩 엄마를 만나게 해 준다고 수녀님들이 약속했어. 엄마는…… 아빠가 끌려가신 뒤로 지금까지 계속 저런 상태야."

"독일군들이 그랬지?"

"나치의 명령을 받은 프랑스 경찰이 아빠를 붙잡아 갔어. 아빠는 지금 드랑시*에 갇혀 계셔……. 하지만 확실하진 않아. 편지를 한 번도 못 받았거든. 나중에 어른이 되면 난 독일 놈들이랑 아빠를 붙잡아 간 놈들을 모두 죽여 버리고 말 거야!"

마르크가 결연한 표정을 짓는 순간 그의 회색빛 눈동자가 밝게 빛났다. 하지만 루이는 마음이 불편했다.

---

*파리 근교에 있는 작은 도시로 유대 인들이 동유럽의 강제 수용소로 끌려가기 전에 임시로 억류되었던 수용소가 있던 곳이다. - 옮긴이

얼마 후 위험 지역이 50미터쯤밖에 남지 않아 잠시 숨 돌릴 여유가 생기자, 포도나무에 등을 기댄 마르크가 불쑥 말을 내뱉었다.

"유대 인은 말이야……. 사람들이 전부 미워하는 사람들이야. 그게 바로 유대 인이야."

루이는 이 말이 어떻게 유대 인이라는 걸 아느냐는 물음에 대한 답변이라는 걸 바로 깨닫지 못했다. 저 멀리 희미한 지평선을 향해 달아나는 마르크의 시선을 뒤쫓았지만, 마르크가 무얼 보고 있는지는 알 수 없었다. 그러다가 문득 마르크의 말뜻을 알아차리고 이렇게 대꾸했다.

"나를 미워하는 사람은 거의 없어. '친구 카페'의 손님들은 나를 룰루라고 불러. 특히 잔 아주머니는……."

"그럼, 넌 유대 인이 아닌 모양이지!"

마르크가 딱 잘라 말했다. 그러고는 어머니와 로베르가 있는 곳으로 기어갔다.

며칠 전에 내린 비 때문에 크게 불어난 강물은 누런 소용돌이를 일으키며 바윗돌 사이로 굽이굽이 흘러가고 있었다. 부미랑 부인과 두 아이는 강가에 꼼짝 않고 서서 겁에 질린 얼굴로 건너편 강둑을 바라보았다. 저렇게 사나운 물살을 헤치고 강을 건넌다는 건 불가능하다는 생각과 불안감으로 몸들이 완전히 굳어 있었다.

그동안 이런 일에는 인이 박힌 노련한 뱃사공 루이는 침착하게 나뭇가지들을 헤쳐 감춰 두었던 조그만 나룻배를 꺼냈다.

"걱정할 거 없어요. 난 이 강을 내 호주머니 속처럼 잘 알고 있어요. 강물이 흐르는 대로 따라가다 보면 저절로 건너편 기슭에 닿을 거예요. 거기서 1킬로미터쯤만 더 가면 목적지인 성 안나 성당이 나타날 거예요."

루이가 보호자 같은 말투로 말했다.

배 밑바닥에 물이 들어와 손가락 두어 마디쯤 고여 있는 걸 보고 겁을 먹었는지 어린 로베르가 배에 오르지 않겠다고 고집을 부렸다. 꼬마는 나무를 꼭 붙잡고, 손가락으로 누런 흙탕물을 가리키며 울먹였다.

"강물에 빠져. 강물에 빠질 거야!"

부미랑 부인과 마르크도 똑같은 생각을 하고 있었다. 하지만 벼랑 끝에 몰린 그들은 온갖 시련을 겪어 내느라 지칠 대로 지쳐 모든 걸 체념한 사람처럼 눈을 질끈 감고 운명과 부딪치는 수밖에 없었다.

　루이는 화가 났다. 까딱하다가는 이 겁쟁이 가족을 잔 아주머니에게 도로 데려가야 할 판국이었다. 루이는 로베르의 팔을 사정없이 비틀었다.

　"따귀 한 대 맞고 싶어? 그만 입 닥치고, 어서 배에 올라타!"

　로베르는 깜짝 놀라 울음을 뚝 그쳤다. 아이는 여전히 작은 소리로 훌쩍거렸지만 더 이상 칭얼대지 않고 가끔 형을 힐끔힐끔 쳐다보며 얌전하게 굴었다. 루이가 발로 힘껏 강둑을 밀자 배는 물살을 타고 아래로 떠내려갔다.

　그런데 바로 그날, 공교롭게도 보트가 고장 나는 바람에 독일군 순찰대는 오후 5시 15분이 되어서야 순찰을 시작했다. 게다가 설상가상으로 보트를 조종하는 병사가 일을 빨리 끝내려고 과도하게 속도를 올리는 과정에서 보트가 뒤집히고 말았다. 루이 일행이 탄 배에서 200미터도 안 되는 지점이었다. 이 사고로 순찰대 여섯 명 중 두 명이 목숨을 잃었다. 실종자 수색 작업과 보트 인양 작업이 길어지는 바람에 루이는 날이 어둑어둑해진 뒤에야 집으로 돌아올 수 있었다. 아무튼 루이에게는 천만다행한 일이었다.

그날 저녁, 한나는 아무도 없는 빈집 앞 골목에서 초조한 얼굴로 아들을 기다렸다.

유대인 검거

유대인 검거가 대대적으로 진행되던 1941년 10월 12일, 포드스키 가족이 독일군에게 체포될 뻔한 일이 있었다. 마침 토요일이라 한나와 루이는 물건을 사러 시내로 나갔는데, 그날은 아브라함도 함께 따라나섰다. 평소 장 보는 데 따라다니는 걸 무척이나 싫어하는 아브라함은 아내와 아들을 멀찍이 앞세우고 뒤에서 어슬렁거리며 쫓아다녔다. 그리고 가게에 들를 때마다 텅 빈 진열대 앞에서 볼멘소리를 늘어놓았다. 아브라함은 걸쳐 입은 두꺼운 반코트 때문에 숨이 막힐 듯 갑갑해했다. 아침에 날씨가 추울 거라고 잔소리를 한 아내가 원망스러웠다. 반면 한나의 발걸음은 더없이 밝고 가벼웠다. 얄팍한 자줏빛 정장 차림을 한 그녀의 무릎 주위로 꽃부리 모양의 치마가 찰랑거렸다.

집으로 돌아오는 길에 아브라함이 베고니아 거리를 곧장 질러가자고 했다. 포드스키 가족은 이탈리아 사람들이 모여 사는 구역을 지나갈 때만 해도 사람들이 말없이 발걸음을 재촉하고 있다는 걸 눈치 채지 못했다. 지하도를 빠져나오고서야 사태를 알아차렸지만 때는 이미 늦어 버렸다. 지그재그 모양으로 선 검은색 트럭 세 대가 베고니아 거리 입구를 가로막고 있었던 것이다. 스무 명 남짓한 경찰들이 행인들의 신분증을 검사하고 있었다. 어두운 색의 긴 외투를 걸친 경찰들은 마치 불길한 박쥐들처럼 보였다.

공포에 질린 아브라함과 한나는 얼어붙은 듯 그 자리에 꼼짝 않고 서 있었다. 그와는 반대로 루이는 오히려 호기심에 들뜬 얼굴로 앞장서서 걸어가려 했다. 문을 활짝 열어 놓은 가게 앞에서, 커다란 앞치마를 두른 뚱뚱한 여인이 경멸하는 눈빛으로 그 광경을 지켜보고 있었다. 그러다가 가끔씩 살집이 두툼한 이중 턱을 들어 올리며 신랄하게 비난을 퍼부었다.

"경찰관 놈들이 저 사람들을 다 잡아들일 모양이지! 부끄러운 줄도 모르고 독일 놈들 치다꺼리나 하는 비열한 놈들 같으니!"

조금도 두려울 게 없다는 듯 여인은 목소리를 높이며 경찰관들을 향해 손가락질을 해 댔다. 그런 행동을 하는 건 오로지 그 여인 한 사람뿐이었다.

신분증 검사는 쥐 죽은 듯 조용한 가운데 이루어졌다. 행인들은 신분증을 돌려받자마자 곧 그 자리를 떠났다. 몇몇 사람은 비굴한 웃음을 짓기도 했다. 루이는 경찰관 몇 명이 근처에 있는 집 안으로 들어가는 것을 보았다.

"유대 인들을 붙잡아 가려는 거야. 물론 강도를 잡는 것보다야 편한 일이겠지!"

그 여인이 빈정거리며 소리쳤다.

'유대 인'이라는 소리에 아브라함의 몸이 저도 모르게 빳빳해졌다. 아브라함은 얼른 루이의 손을 잡고 왔던 길로 되돌아가려 했다. 그런데 허둥대는 그 모습이 뚱뚱한 여인의 눈에 띄고 말았다.

여인이 물었다.

"당신들은 유대 인이죠?"

남편이 입을 열기도 전에 한나가 좀 흥분된 어조로 말했다.

"그래요. 우리는 유대 인이에요!"

"그럼, 우리 집으로 들어오세요. 뒤돌아가 봐야 아무 소용없어요. 경찰들이 벌써 이 동네를 완전히 봉쇄했어요!"

포드스키 가족은 뒤브뢰이 부인의 집에서 세 시간 동안 머물렀다. 부인은 1917년 독일군과의 전투에서 남편을 잃은 뒤로 포목점을 운영하며 살림을 꾸리고 있었다.

그날 저녁, 집으로 돌아온 아브라함과 한나는 몇 시간 동안 머리를 맞대고 무언가를 의논했다. 그러고 나서 한나는 천 조각으로 주머니를 만들어 그 안에 가짜 세례 증명서를 넣었다. 한나는 루이의 목에 주머니를 매달아 주며 절대 벗어 버리면 안 된다고 신신당부했다.

루이가 의심쩍은 얼굴로 물었다.

"이게 뭔데 달고 다녀야 해요, 엄마?"

"네가 유대 인이 아니라는 걸 증명해 줄 서류란다."

"하지만 저는 유대 인이잖아요?"

"그렇지……. 하지만…… 아! 이런! 그 증명서에는 네가 유대 인이 아니라고 적혀 있어. 그걸 몸에 지니고 다니기만 하면 돼. 알아듣겠니?"

한나는 한동안 아무 말도 하지 않았다. 그러다 긴 침묵을 깨고 이렇게 말했다.

"언젠가는 그 사람들이 우리 집을 찾아올 거야."

"그래. 결국에는 찾아오겠지. 도망친들 무슨 소용이 있겠어! 그리고 달아나 봤자 도대체 갈 데가 어딨어!"

아브라함이 모든 걸 체념한 사람처럼 맞장구를 쳤다.

한나는 아무 말도 못 들었다는 듯 남편의 말에 대꾸도 하지 않고 아들을 불렀다.

"여기 앉거라. 그리고 내 말 잘 들어."

세 사람은 뜨개질로 짠 전등갓 아래 머리를 맞대고 붙어 앉았다. 원뿔 모양의 흐릿한 불빛이 그 위를 비추었다.

"언젠가는 경찰이 우리를 잡으러 들이닥칠 거야. 그러면, 넌 재빨리 달아나야 해."

심각한 얼굴로 한나가 말했다.

"하지만……."

루이가 말했다.

"쉿! 잠자코 내 말 잘 들어! 우릴 위해서라도 꼭 그렇게 해야 해. 네 아버지와 나는……. 우리 일은 우리가 알아서 할 거야. 지금까지도 잘해 왔잖니? 걱정하지 마라. 우린 괜찮을 거야.

나중에 다시 만나면 돼. 내 말대로 하는 거야! 알았지? 우리가 좋아하는 노래, '체리의 계절' 알지? 지금 이 순간부터 난 그 노래를 부르지 않을 거야. 다만 우리한테 위험이 닥쳐왔을 때, 그때 그 노래를 부르마. 만일 네 아버지나 내가 그 노래를 부르는 소리가 들리면, 넌 아무 생각 말고 도레미 선생님 댁으로 몸을 피하거라. 도레미 선생님께도 말씀드려 놨어. 또 한 가지 일러둘 건……. 앞으로는 외출했다가 집에 돌아올 때는 집 안으로 들어오기 전에 반드시 우편함을 열어 보거라. 만일 '체리의 계절' 악보가 들어 있으면, 집 안으로 들어오지 말고 곧 달아나야 한다. 알아들었니? 달아나야 해! 재빨리!"

한나는 몇 번이고 되풀이해서 설명했다. 루이의 마음은 돌덩이처럼 무거워지고, 몸은 두려움으로 꽁꽁 얼어붙었다. 한나는 자신의 충고가 아들의 머릿속에 똑똑히 새겨졌다고 생각되자, 비로소 안심이 된 듯 부드러운 미소를 지었다.

" '체리의 계절' 노랫말 기억하고 있지?"

루이는 고개를 끄덕였다. 말도 나오지 않았다.

"마지막으로 함께 그 노래를 부르자. 우리 셋이서!"

체리가 빨갛게 익을 때면

명랑한 꾀꼬리들, 장난기 많은 티티새들

모두가 즐거워할 거예요…….

1942년

아빠의 파란 자전거

1942년, 이제 막 열네 살이 된 루이는 키가 1미터 75센티미터나 되는 데다 어깨도 제법 넓고, 몸에도 근육이 탄탄히 붙어 마치 다 자란 청년 같았다. 아직 동글동글한 얼굴에서만 약간 남은 어린아이 티를 찾아볼 수 있을 뿐이었다.

이 도시에도 이따금 뒤숭숭한 전쟁 소식이 들려왔지만 일상 생활에는 큰 변화가 없었다. 얼마 전 러시아와 미국이 전쟁에 개입했다는 소식이 들려오자, 프랑스 사람들은 대부분 전쟁이 곧 끝나리라는 기대를 포기한 듯했다. 루이는 어른들의 대화나 베고니아 거리의 가판대에 놓여 있는 신문 머리기사를 통해 사태가 어떻게 돌아가고 있는지 짐작할 뿐이었다. 루이에게 전쟁은 좀처럼 현실로 느껴지지 않는 머나먼 나라의 이야기였고, 매일매일 반복되는 일상이 따분해서 충격적인 이야깃거리를 좇는 어른들의 관심사로 여겨질 뿐이었다.

물론 이제는 시내 곳곳에서 언제나 독일군들을 볼 수 있었다. 하지만 독일군이 그 도시를 점령한 지 꽤 오래되었으므로 독일군과 더불어 사는 것도 이제는 일상이 되었다. 지금이 전쟁 중이라는 사실을 실감하게 하는 것은 식량 문제였다. 러시아의 레닌그라드, 하와이 진주만, 그리스의 헤라클리온이라는 낯선 고장으로 확산되고 있다는 그 전쟁…….

포드스키 가족은 마지막으로 고기를 맛본 게 언제였는지도 기억하기 힘들었다. 시장에 나가도 고기는 거의 찾아볼 수 없을 뿐더러 설탕도 구할 수 없었다. 심지어 빵도 부족한 형편이었다. 한나는 그 물건들이 암시장에서 얼마나 터무니없는 가격으로 거래되고 있는지 이야기하며 길게 한숨을 쉬었다. 쇠고기는 1킬로그램에 1,000프랑, 버터는 500프랑…….

루이 포드스키는 도무지 이해할 수가 없었다. 나치들은 프랑스 사람들에게서 그 많은 고기를 빼앗아다가 도대체 무얼 하려는 걸까? 자기들만 처먹으려고 그런 짓을 하는 걸까? 식탁 때문이라면 그럴 수 있다 쳐도 상점에서 비누가 보이지 않는 건 아무래도 이해가 안 됐다. 독일 사람들은 엄청나게 큰 욕조에서 거품 목욕을 즐기는 걸까?

물건이 부족한 건 그런 대로 참을 만했지만 시내 번화가로 나갈 때마다 새삼스럽게 점령군에 대한 증오가 솟구쳐 오르는 건 어쩔 수 없었다. 시내를 가로지르는 간선 도로마다 수많은 자전거가 도로를 메우고 있었고, 자전거 주차장에도 갖가지 종류의 자전거들이 가득했다. 문득 집에 있던 자전거 생각이 났다. 아버지의 자전거도 이곳 어디엔가, 낯선 사람의 손에 있을 거라 생각하니 갑자기 화가 치밀었다. 터무니없는 짓이라는 생각이 들긴 했지만 루이는 그 자전거를 찾아보기로 했다. 그는 거리를 따라 곳곳에 흩어져 있는 자전거 주차장을 샅샅이 훑어보고 도로를 질주하는 자전거들도 꼼꼼히 살폈다. 그러다가 자전거 도둑으로 내몰려 자전거 주인과 시비가 붙을 뻔한 적도 한두 번이 아니었다.

그러던 어느 날, 갑자기 루이의 심장이 쿵쿵 뛰었다. 아버지의 자전거가 눈에 띄었던 것이다. 등록 번호 224RT……. 틀림없었다! 통이 넓은 골프 바지에 물방울무늬가 있는 흰색 블라우스를 입은 예쁘장한 여자가 무사태평하게 페달을 밟고 있었다.

"자전거가 멋진데요!"

루이가 부럽다는 듯이 말했다.

물방울무늬 여자가 활짝 웃었다. 구불구불하게 부풀려 올린 금발 머리가 1월의 햇살을 받아 반짝거렸다.

"언제 산 거예요? 나도 그런 자전거를 사고 싶은데……. 값이 만만치 않겠죠?"

그 여자는 바로 대답하지 않았다. 루이는 그 틈을 타 자전거를 샅샅이 관찰했다. 자전거의 뼈대, 각각의 부품들……. 모양은 똑같지만, 아버지의 자전거는 아니었다.

"너 참 대담하구나!"

그 여자가 갑자기 소리쳤다. 그렇게 말하는 여자의 얼굴에 비웃는 듯한 미소가 번졌다.

루이는 속내를 들킨 것 같아 얼굴이 붉어졌지만 또다시 도둑으로 몰릴까 싶어 더듬거리며 변명을 했다.

"그게 아니라…… 자전거가 너무 멋있어서…… 한번 만져 보고 싶어서…… 그런 거예요."

"그래? 갈수록 태산이네! 자전거를 핑계로 접근하는 사람은 네가 처음이야! 뭐, 그럴 수도 있지. 안 그래? 그런데 네 나이에는 좀 빠른 거 아니니? 아무튼 광장에 있는 카페에서 음료수나 한 잔할 생각이라면 따라가 줄 수도 있어."

그녀는 루이를 여자들에게 수작이나 거는 할 일 없는 놈팡이 쯤으로 여기고 있었다! 게다가 루이에게 따라오라고 하는 게 아닌가! 이런, 제기랄! 아직 여자랑 사귀어 본 적이 없는 루이는 너무 당황스러워 줄행랑을 치고 말았다. 얼굴이 화끈거렸다!

그 후, 여자 애를 낚아 올릴 뻔한 그 일을 떠올리면 은근히 우쭐해지기도 했지만, 루이는 결국 파란색 자전거는 포기하기로 마음을 먹었다.

아무리 늦어도 저녁 여덟 시까지는 집에 들어와야 한다는 부모님의 말씀 때문에 루이가 '친구 카페'에 머무는 시간은 전보다 줄어들었다. 그러나 일단 카페에 가서는 눈코 뜰 새 없이 바쁘게 지냈고, 블롯 게임을 하는 손님들의 게임 상대가 되어 주는 일도 있었다. 한번은 잔 아주머니를 따라 2층으로 올라갔더니 자유 지역으로 건너가려는 피난민 몇 사람이 겁에 질린 얼굴로 기다리고 있었다. 아주머니는 루이에게 그 일을 맡겼다. 그동안 두 번인가 그 일을 했는데 루이가 일을 마치고 돌아오면 아주머니는 아무것도 묻지 않고 지폐 한 장을 손에 쥐어 주었다.

'친구 카페'는 암시장 노릇을 톡톡히 하고 있었다. 단골손님들도 모두 공모자가 되어 그곳에서 일어나는 일은 아무도 입 밖에 내지 않았다. 루이가 물랭 가를 드나드는 일도 잦았다. 루이는 커다란 꾸러미며 편지를 배달하기도 하고, 잔 아주머니가 단어 하나하나까지 꼼꼼히 일러 주는, 뭔지 모를 구두 메시지를 전할 때도 있었다. 꾸러미에 뭐가 들었는지, 편지 내용이 뭔지 설명해 주는 사람은 아무도 없었다. 다들 얼마 안 되는 심부름 값을 루이에게 지불하고 나면 성공적으로 입막음을 했다고 안심하는 눈치였다.

사령부 지부의 폐쇄 결정이 보류되는 바람에 프란츠 홍거는 한숨을 돌릴 수 있었다. 중위는 이제 루이를 '유대 인 꼬마'라고 불렀고, 자기 사무실 안으로 들이는 법도 없었다. 하지만 거리를 두려고 그러는지 어른을 대하는 듯한 말투는 여전했다. 그는 도레미 선생의 동향을 알아내는 데 혈안이 된 것 같았다.

"중요한 정보를 가져오면, 그 즉시 자전거와 라디오를 돌려준다고 한 말을 잊지 않았겠지?"

루이는 도레미 선생에게 이런 사정을 털어놓을 수가 없었다. 물랭 가를 드나드는 걸 선생이 좋아할 리 없었고, 더구나 독일군 장교와 가까이 지낸다고 하면 어떻게 생각할지 걱정스러웠기 때문이다. 그처럼 열정적으로 '체리의 계절'을 연주하는 분과의 우정을 잃는다는 건 생각만 해도 끔찍했다. 표를 내진 않았지만 도레미 선생이 루이를 특별히 여긴다는 건 분명했다. 루이는 선생이 독일군에게 요주의 인물로 찍혀 감시당하고 있다는 사실을 알려 주는 게 당연하다고 생각하면서도 용기가 나지 않아 죄책감에 시달렸다. 가끔씩 도레미 선생이 그 부엉이 같은 눈으로 자기의 이중적인 태도를 꿰뚫어 보고 있다는 느낌이 들 때도 있었다.

하긴 다른 사람들도 이중적이긴 마찬가지였다. 잔 아주머니는 독일군들과 밀거래를 하면서도 자유 지역으로 넘어가는 피난민을 도왔고, 손님들 중에는 세상을 탓하면서도 암시장을 통해 짭짤한 이득을 보는 사람도 많았다. 도레미 선생도 점령군을 미워하면서 그들이 드나드는 카페에 나와 카드놀이로 시간을 보내지 않는가. 이처럼 혼란스러운 현실 속에서 루이는 네트를 사이에 두고 이편저편을 오가는 배구공처럼 자신의 뜻과는 상관없이 떠밀리듯 살아갈 수밖에 없었다.

 남들 앞에서는 친하게 지내는 티를 내지 않으려 애쓰는 도레미 선생과 달리, 비엘로 씨는 어찌나 친한 척을 하는지 성가실 정도였다. 그가 틈만 나면 자기 테이블로 불러 주사위 게임을 연습시키는 통에 루이는 심부름이며 청소 같은 할 일도 제대로 못할 지경이었다.

 "룰루, 넌 틀림없이 챔피언이 될 거야."

 주사위를 던지며 비엘로 씨가 만족스러운 듯이 말했다.

 사실, 루이가 흥미로워하는 건 주사위 게임이 아니라 그의 이야기였다. 변변한 친구 하나 없고 성격마저 고약한 비엘로 씨는 평생 시골의 하급 공무원 노릇에서 벗어나지 못한 게 한이 되었는지 루이에게 온갖 불평을 쏟아 냈다. 루이라면 자기 말을 들어 주리라 확신한 까닭인지 아이를 앞에 앉혀 놓고 혼잣말을 길게 늘어놓곤 했다. 그런데 어찌된 일인지 식료품이 귀해질수록 비엘로 씨는 점점 더 살이 쪘다. 살덩어리에 파묻혀 보이지도 않는 허리띠 위로 비어져 나온 물컹한 뱃살이 금방이라도 아래로 쏟아져 내릴 것만 같았다. 땀도 엄청나게 흘렸다. 루이는 땀에 젖어 끈적끈적해진 그의 손바닥이 끔찍이도 싫었다. 상아로 만든 주사위 알들도 비엘로 씨의 손을 거치고 나면, 마치 누군가 빨아 먹다 버린 흰색 눈깔사탕처럼 변했다.

어느 날, 비엘로 씨가 여느 때처럼 확신에 찬 일장 연설을 하고 나더니 루이에게 은근히 말을 걸었다.

"혹시 네 부모님이 찾는 물건이 있으면 나한테 말해……. 난 얼마든지……."

비엘로 씨는 이 말을 하면서 무거워 보이는 눈꺼풀을 찡끗했다. 그리고 음모를 꾸미는 사람처럼 목소리를 낮춰 말을 계속했다.

"물론, 가격은 만만치 않아. 하지만 너는 아주 착한 애니까 좀 깎아 줄 수도 있지……. 하! 하! 하! 이 비엘로는 적어도 게임 친구를 등쳐 먹는 놈은 아니란 말씀이야! 그런데 네 아버지는 무슨 일을 하시지?"

루이는 깜짝 놀라 얼른 화제를 바꿨다.

비엘로 씨는 카페를 드나드는 독일군들 대부분과 친분이 있었다. 뿐만 아니라 때로는 카페 단골들에게 프랑스가 독일에 먹힌 게 그래도 다행이라는 말을 서슴없이 했다.

"나치들이 공산주의자들로부터 유럽을 구해 낼 거야. 히틀러 총통 덕택에 우리 프랑스는 옛날처럼 강하고 영예롭고 자랑스러운 나라가 될 거라고!"

비엘로 씨가 큰 소리로 외쳤다.

시르맹 형제만이 역시 똑같은 말로 맞장구를 쳤다. 하지만 그 쌍둥이 형제는 다음 날 누군가 그와 정반대의 주장을 한다 해도 맞장구를 칠 게 뻔했다.

하지만 쇼노 씨는 벌컥 화를 내며 소리쳤다.

"내 다리는 어떻게 하고? 독일 놈들 때문에 난 다리를 잃었어! 1914년에 당신은 어디서 무얼 하고 있었지? 틀림없이 뜨끈한 아랫목에서 그 빌어먹을 맥주나 홀짝거리고 있었겠지. 남들은 더러운 시궁창에서 죽을 고생을 하는데……."

바로 그때, 잔 아주머니가 끼어들었다.

"이제 그만들 하고 진정해요. 여기서 정치 이야기는 안 돼요!"

그러자 아직도 분을 삭이지 못한 비엘로 씨가 주위를 어슬렁거리던 루이를 가까이 불렀다.

"쇼노가 주절거리는 말은 다 헛소리야. 벌써 오래전 얘기고……. 절름발이의 넋두리쯤으로 듣고 흘려버리면 돼. 다른 사람들은 그보다 더 큰 피해를 보고도 가만히 있잖아? 아무튼 독일군들은 점잖은 사람들이야. 그 사람들과 거래를 많이 해봤지만, 아무 문제도 없었어!"

비엘로 씨가 이렇게 말하며 웃음을 짓자 살집이 두툼한 턱에 자그마한 구멍이 파였다. 그는 맥주 한 잔을 단숨에 비우고 나서 손수건으로 이마를 닦았다. 그러고는 땀으로 흥건히 젖은 아마 손수건을 놀란 듯이 쳐다보았다.

"전쟁이 끝나면 난 부자가 돼 있을 거야. 정치를 하게 될지 누가 알아? 앞으로 국회의원에 출마할 생각도 있어. 페탱 원수를 따르지 않은 자들은 틀림없이 호된 곤욕을 치르겠지. 장담하건대 반역의 대가를 톡톡히 치러야 할걸."

루이는 고개를 끄덕였지만, 비엘로 씨가 하는 말이 무슨 뜻인지 사실 좀 알쏭달쏭했다.

그런데 놀랍게도 도레미 선생은 이 말을 듣고도 잠자코 있었다. 사실 도레미 선생이 카페 단골들의 대화에 끼어드는 일은 거의 없었다. 비엘로 씨가 쓸데없는 소리를 지껄여도 대개는 가만히 있었다. 그는 카드놀이를 하거나 아페리티프나 카시스 시럽을 넣은 레모네이드를 홀짝이며 시간을 보냈다. 루이는 매주 한 번씩 피아노를 배우러 도레미 선생을 찾아갔지만 도레미 선생은 '친구 카페'에서 루이를 만나면 인사조차 제대로 하지 않았다. 루이가 게임에 너무 열중해서 지나치게 친한 티를 내면, 선생은 오히려 더 냉담하게 굴었다. 하지만 마쉬느리 거리에 있는 허름한 건물의 비좁은 다락방에만 가면 완전히 딴 사람이 되었다.

1942년 1월은 전쟁 중이라는 사실을 까맣게 잊어버릴 만큼 모든 게 평온했다. 그런데 마지막 주에 암울한 시기가 곧 닥쳐오리라는 걸 예고하는 두 가지 사건이 일어났다. 하지만 이때에도 루이는 위험이 현실로 다가오고 있음을 깨닫지 못했다.

첫 번째 사건은 탄광 측에서 아무런 사전 설명도 없이 포드스키 가족의 채소밭을 몰수한 것이었다. 통지서를 받아 든 한나의 손이 핏기조차 사라진 듯 창백하게 변했다. 한나는 통지서를 다 읽고 읊조리듯 짤막하게 말했다.

"올여름과 겨울에는 뭘 먹고살지?"

"아…… 올겨울이라."

아브라함이 한숨을 쉬었다.

그 후 포드스키 가족은 단 한 번도 채소밭이라는 말을 입에 올리지 않았다.

    그러고 나서 얼마 후 아브라함이 곧 직장을 잃게 될 거라는 소식이 전해졌다. 작업반장이 아브라함을 불러 탄광 책임자가 독일에서 돌아온 전쟁 포로들 중에서 갱목* 공사를 담당할 인부를 물색 중이라고 귀띔해 주었던 것이다.

    그런데 아브라함 포드스키가 맡고 있는 일이 바로 갱목 공사였다.

    하지만 루이는 이런 일들 따위에는 별 관심이 없었다. 1942년 1월부터는 루이가 학교 수업을 빼먹는 일이 잦아졌다. 어느 부모 못지않게 아들의 학교 성적에 신경을 쓰던 한나와 아브라함은 벌써 몇 달 전부터 아들의 성적표를 보려고도 하지 않았다.

---

*갱도가 무너지지 않도록 떠받치는 통나무 기둥. — 옮긴이

라브리 선생

우등생이었던 루이 포드스키는 점점 아무도 못 말리는 문제 학생이 되어 갔다. 사실 이런 변화는 지난해 9월, 학기 초부터 서서히 진행되었다. 루이는 동급생들보다 머리 하나가 더 컸다. 멀리서 보면 학생이 아니라 교사라고 착각할 정도였다. 그래서인지 쉬는 시간에 반 친구들과 잘 어울리지 못했다. 쉬는 시간이면 루이는 운동장 한구석에 앉아서 아이들이 노는 모습을 멀거니 바라보았다. 아이들과 어울려 놀지도 않았고, 혹시 누가 다가오면 무섭게 째려보았다.

수업 시간에도 마찬가지였다. 담임선생인 앙투안 라브리는 루이의 키를 놀림감으로 삼았다. 라브리 선생은 지난 학기보다도 싫어하는 티를 더 냈다. 루이를 맨 뒷줄에 앉히고, 일부러 낮고 조그만 책상을 주는 바람에 루이는 앉거나 일어설 때마다 어릿광대처럼 우스꽝스럽고 까다로운 곡예를 부려야 했다.

교실에서는 아침마다 서른여섯 명의 아이들이 곧 웃음이 터져 나올 듯한 표정으로 루이의 힘겨운 곡예를 지켜보았다. 라브리 선생은 고의적으로 하루에도 몇 번씩 그런 장면을 연출하곤 했다.

"루이 포드스키, 칠판 앞으로 가서 센 강과 센 강에 딸린 지류들을 그려 보게."

"포드스키 군, 이 숙제장을 아이들에게 나눠 주겠나?"

"아! 루이, 로베르발 저울*과 저울추를 가져오게!"

라브리 선생은 이런 명령을 내릴 때마다 거짓 웃음을 지었다. 그러고는 동작 하나도 놓치지 않겠다는 듯 루이의 불편한 몸동작을 유심히 살폈다. 루이가 혹시 넘어지기라도 하면 수업 시간에 소란을 피웠다는 핑계로 벌을 주려고 벼르고 있었던 것이다.

---

*1669년 프랑스의 수학자 로베르발이 개발한 계량기. — 옮긴이

루이는 그 빌어먹을 책상에 유연한 몸놀림으로 앉고 일어설 수 있도록 몸을 단련시켰다. 그리하여 어느 정도 자신감이 붙자 라브리 선생에게 선수를 쳤다.

"선생님, 숙제장을 아이들에게 나눠 줄까요? 선생님, 칠판을 지울까요?"

라브리 선생의 얼굴이 창백해졌다. 아이들은 아무도 히죽거리거나 농담을 내뱉지 못했다. 몸집이 벌써 어른 같은 루이를 함부로 대할 수 없었던 것이다. 사실은 라브리 선생도 나이에 비해 훨씬 조숙한 루이에게 겁을 내고 있는 게 분명했다. 선생이 루이에게 사용하는 어른을 대하는 말투, 빈정대는 어조에 벌써 그런 심리가 드러나 있었다.

학교에서는 아침 조회 시간마다 페탱 원수 찬가를 불렀는데, 크리스마스 방학이 끝나자 라브리 선생은 루이가 그 노래를 부르지 못하게 했다.

"포드스키 군, 원수님 찬가를 부르는 동안 자네는 복습이나 하게."

"왜요, 선생님? 왜 저는 부르면 안 되죠?"

"오! 루이, 왜 그런지 모른다고? 자네는…… 에…… 저기……

이스라엘 민족* 출신이잖아? 사실이 그러한데 어떻게 원수님을 찬양한다는 거지? 내 생각으로 그건…… 에…… 좀 잘못된 일인 것 같네. 자넨 어떻게 생각하나?"

"하지만, 선생님……."

루이는 말을 하려다가 그만두었다. 자기도 다른 애들처럼 페탱 원수 찬가를 부를 권리가 있다고 주장할 만한 근거를 찾지 못했던 것이다. 당황해하는 루이를 쳐다보며 앙투안 라브리 선생이 말을 덧붙였다.

"게다가 파렴치한 공산주의자들이나 부르는 '체리의 계절'을 부르던 입으로 어떻게 희망과 새로운 시대를 노래하는 원수님 찬가를 부를 수 있겠나? 그건 말이 안 되지!"

다음 날 루이 포드스키는 학교에 가지 않았다. 라브리 선생은 루이의 부모에게 편지를 보냈다. 편지는 며칠 동안 부엌 찬장 위에 놓여 있었다. 그러던 어느 날, 저녁 식사를 하던 한나가 물었다.

"루이, 왜 학교에 가지 않았니?"

---

*유대 민족을 다르게 부르는 말. 유대 인들에 대한 그 당시 프랑스 지식인들의 위선적인 태도가 잘 드러나는 부분이다. ─ 옮긴이

"라브리 선생이 내가 유대 인이라고 미워해요. 이젠 유대 인이란 게 지긋지긋해요!"

루이가 말했다.

아브라함과 한나는 서로 얼굴을 마주 보았다. 두 사람은 잔소리도 꾸중도 단념하고, 편지 사건은 더 이상 입에 올리지 않았다. 그 후로 루이가 학교를 빼먹는 일이 더욱 잦아졌지만 부모님은 아무런 말도 하지 않았다. 휴일이 아닌 날에 루이가 '친구 카페'에서 어슬렁거려도 누구 하나 뭐라는 사람이 없었다. 루이의 부모에게 편지를 보냈는데도 아무런 대답이 없자 앙투안 라브리 선생이 루이를 불러 마지막으로 한마디 했다.

"자네 부모는 참 이상한 사람들이야! 자식 교육엔 도통 관심도 없고……. 부모가 그런 식으로 나온다면 나로서도 이젠 어찌해 볼 도리가 없지. 앞으로는 자네가 무슨 짓을 해도 자네 부모에게 알리는 일은 없을 거야. 어디 가서 말썽을 부리건, 이젠 내가 상관할 바 아니야!"

루이가 하루 이틀 수업을 빼먹은 뒤에 학교에 나타나도 라브리 선생은 반응이 없었다. 수업 시간에 그의 시선은 늘 아이들 머리 위를 맴돌았지만 루이의 시선과 마주치는 일은 없었다.

어쩌다가 눈길이 마주쳐도 마치 물건 보듯 멍하니 바라보다가 이내 다른 곳으로 시선을 돌렸다. 루이는 학교에서 물건짝 취급을 받았다. 라브리 선생만이 아니었다. 아이들도 그를 멀리했고, 다른 선생들도 마찬가지였다. 루이는 학교에 가는 날은 수업이 파할 때까지 교실 맨 뒤쪽 자기 자리에서 거의 일어나지 않았다. 때로는 학교를 빼먹기도 했다. 본래 공부를 잘하는 우등생이었던 터라 학교에 가지 않는 날은 마치 큰 죄를 짓는 기분이 들었다. 루이는 제일 자신 있는 지리 시간에도 예전처럼 칠판 앞에 나가 발표하는 법이 없었다. 라브리 선생 역시 루이가 수학 문제를 풀어도 답이 맞는지 확인해 주지 않았다. 루이는 학교에 가도 마음이 편치 않았고, 학교에 가지 않으면 가지 않는 대로 죄의식을 느껴야 했다.

1942년 2월의 어느 날 아침, 루이는 학교 운동장에서 라브리 선생과 딱 마주쳤다. 두려움 때문인지 놀라움 때문인지 라브리 선생은 몸이 잔뜩 얼어붙어 있었다. 그런 선생을 향해 루이가 음절 하나하나를 끊어 가면서 큰 소리로 외쳤다.

---

*17세기 프랑스의 비극 작가인 피에르 코르네유의 대표적인 작품. 프랑스의 학교 교과서에 실릴 정도로 프랑스 문화와 정신이 잘 나타나 있는 희곡 작품이다. — 옮긴이

"'쉽게 이기는 건 결코 명예로운 승리가 아니다.' 『르 시드』*, 2막 2장."

그 일이 있은 뒤로 라브리 선생은 루이에게 단 한 마디 말도 하지 않았다.

이런 사람을 조심하시오!

몇 달 전부터 한나는 하루 종일 잠옷 바람으로 집 안에만 틀어박혀 지냈다. 부득이 집 밖으로 나가는 경우에도 닥치는 대로 아무 거나 걸치고 나가는 게 한마디로 모든 일에 흥미를 잃은 사람처럼 보였다. 그러다가 1942년 새해가 되자 갑자기 한나의 태도가 돌변했다. 마치 최신 유행하는 드레스나 세련된 디자인의 모자가 인생에서 가장 중요한 것이라도 되는 양 행동했던 것이다. 한나는 무슨 옷을 입을지, 어떻게 입을지 고민하며 하루를 보냈다.

더구나 한동안 입을 닫고 지내던 한나가 갑자기 말의 향연에 도취된 듯 쉴 새 없이 떠들어 대기 시작했다.

아브라함과 루이는 처음에는 한나가 쉴 새 없이 지껄여 대는 것을 보고 당황스러웠지만, 차츰 익숙해져서 나중에는 건성으로 들어 넘길 수 있게 되었다. 어쨌든 한나의 태도가 달라진 뒤로 집 안에 다시 활기가 도는 것 같은 착각이 들었다.

루이는 어머니가 정말로 삶의 활력을 되찾았다고 생각했다. 멋지게 옷을 차려 입은 어머니가 자랑스러울 정도였다. 하지만 늘 돈에 쪼들리는 어머니가 선뜻 살 수 있는 물건은 별로 없었다. 그래서 어머니는 '금광'이라는 마크가 찍힌 낡은 재봉틀 앞에 구부정한 모습으로 앉아서 밤늦도록 바느질을 했다.

루이는 어머니를 도울 방법이 뭔지 곰곰이 생각해 보았다. 그러다 결국 땅속에 묻어 둔 돈을 꺼내 평소 칙칙하고 투박한 양말을 신고 다니는 어머니에게 실크 스타킹을 사 드리기로 했다. 실크 스타킹은 귀한 물건이었지만 비엘로 씨에게 부탁하면 어렵지 않게 구할 수 있을 것 같았다. 루이는 비엘로 씨를 찾아갔다.

"그래, 그래. 알았다! 실크 스타킹은 벌써 오래전에 여자들의 꿈속에서나 볼 수 있는 물건이 되고 말았지!"

비엘로 씨가 탄식하며 말했다.

비엘로 씨는 주사위를 던졌고, 단번에 승리를 거두었다. 게임에 이겨서 기분이 좋아진 비엘로 씨는 평소보다도 더 친밀하게 굴었다.

"내게 부탁하길 잘했어. 실크 스타킹을 구해 줄 수 있는 사람은 아마도……."

일주일 뒤, 루이는 지폐를 한 움큼 주고 바스락거리는 셀로판지로 포장된 작은 상자를 넘겨받았다. 물론 상자에는 귀한 스타킹이 들어 있었다.

루이는 식탁에 앉아 있는 어머니 앞에 선물을 내려놓았다. 한나는 잠자코 포장지를 벗겼다. 루이는 어머니가 기뻐하는 모습을 기대했지만 뜻밖에도 어머니의 표정은 딱딱하게 굳어졌다.

어머니는 낯선 물건이라도 되는 듯 스타킹에는 손도 대지 않고 무언가에 홀린 사람처럼 식탁 위에 놓인 상자를 뚫어져라 바라보았다.

"루이, 이거 어디서 났니?"

한나가 낮은 목소리로 물었다.

"샀어요."

"암시장에서……?"

"저…… 예……."

한나는 입을 다물었다. 그리고 손가락 끝으로 조심스럽게 실크 스타킹을 만졌다.

"촉감이 참 좋구나."

한나가 말했다. 그리고 엷은 미소를 지으며 아들에게 고맙다고 중얼거렸지만, 목소리가 너무 작아 루이에게는 들리지도 않았다. 잠시 후 한나는 다시는 암시장에서 물건을 사지 말라고 단단히 일렀다. 그날 저녁, 아브라함과 한나는 폴란드 말로 오랫동안 이야기를 나누었다.

다음 날, 한나는 재봉틀이며 옷감들을 모두 치워 버렸다. 그러고는 다시 찌그러진 슬리퍼, 색깔이 어울리지 않는 스웨터와 치마를 꺼내 입었다. 실크 스타킹은 어디로 사라졌는지 보이지 않았다.

루이는 어머니의 다리를 쳐다볼 수조차 없었다.

어느 날 아침, 티에르 공원을 가로질러 걸어가던 루이는 일꾼 몇 사람이 곰 동상을 철거하는 광경을 보았다. 곰 동상은 '친구 카페' 단골손님들의 식탁에 자주 오르던 비둘기들의 은신처였다.

"청소하려고 철거하시는 거예요?"

영문을 모르겠다는 표정으로 루이가 물었다.

"제기랄! 그래, 아주 깨끗하게 치워 버릴 거란다!"

일꾼 한 사람이 빈정거리며 말했다.

"그자들이 무기를 만들려고 이 동상을 빼앗아 가는 거야. 이걸로 대포를 만든단다……."

다른 일꾼이 설명했다. 또 한 사람이 루이에게 다가와서 목소리를 낮춰 수근댔다.

"우리가 영국군과 미군 병사들을 죽이는 데 쓸 물자를 대 준다고 생각하면……. 부끄러운 일이야!"

그는 피우다 만 담배꽁초를 땅바닥에 버리고는 다시 일을 시작했다. 그러고는 내키지 않는 일을 하는 게 얼마나 큰 고역인지 알아 달라는 듯 루이를 힐끗 쳐다보았다. 루이는 못생긴 감자 같은 커다란 곰 동상을 좋아하진 않았지만, 독일군이 철거해 가는 건 부당하다는 생각이 들었다. 자전거와 라디오를 강제로 빼앗기고 나서 또다시 독일군이 물건을 함부로 가져가는 현장을 목격하게 된 것이다.

화가 난 루이는 근처에 있는 도레미 선생 댁으로 달려가서 그 이야기를 했다. 뜻밖에도 도레미 선생은 갑작스럽게 찾아온 루이가 반갑지 않은 듯했다. 선생은 루이를 현관에 세워 둔 채 짧게 대답했다.

"그래, 그래. 나도 알아. 독일 놈들은 곰 동상뿐만 아니라 다른 것들도 다 빼앗아 갈 거야."

"그런데 광장에 있는 사람들은 다들 아무 소리도 않고 가만히 있었어요."

루이가 말했다.

도레미 선생은 안경을 벗었다. 그러고는 부러진 안경테를 지탱하는 네모난 반창고 조각을 만지작거렸다. 눈언저리가 푸르스름한 탓인지 갈색 눈동자가 더욱 또렷해 보였다.

"내가 무슨 말을 할 수 있겠니? 나중에 '친구 카페'에서 보자꾸나……."

선생이 한숨을 쉬며 말했다.

도레미 선생은 열려 있는 문으로 돌아섰다. 하지만 따뜻한 선생 댁에 더 머무르고 싶었던 루이는 그 자리에서 움직이지 않았다. 그날은 학교에 가지 않을 작정이었으므로 달리 할 일도 없었다.

"음…… 오늘은 손님이 찾아오기로 했단다."

도레미 선생이 말했다.

"아, 그래요? 하지만 제가 있어도……."

심통이 난 루이가 말했다.

"여기 있으면 안 돼. 그 대신에 이따가 오후에 극장에 데려가 주마!"

루이는 놀라서 눈이 번쩍 뜨였다. 루이는 여태껏 한 번도 극장에 가 본 적이 없었다. 극장 매표원이 자기에게는 표를 팔지 않을 것 같아서 혼자 극장에 가는 걸 단념했던 것이다. 부모를 따라가는 경우 말고, 아이가 혼자서 극장에 갔다는 소리는 들어 본 적이 없었다. 도레미 선생이 서둘러 계단 앞까지 배웅하는 바람에 루이는 얼마나 기쁘고 감사한지 표현할 새도 없이 다시 거리로 나왔다.

따분한 하루가 시작되고 있었다. 루이가 평일에 거리를 어슬렁거리는데도 누구 하나 놀라워하지 않았다. 도레미 선생마저도 그저 건성으로 그러면 안 된다고 할 뿐이었다.

"학교 수업을 빼먹으면 안 돼. 하지만 난 네 아버지가 아니니까……."

루이는 천천히 베르그리 거리를 내려갔다. '베르그리 가'라고 쓰인 표지판 한구석에 누구의 장난인지 흰색 페인트로 '독일 놈들의 거리'라고 쓰여 있었다. 루이는 시청 쪽을 향해 걸었다. 여느 때처럼 빵 가게와 정육점 앞에 길게 줄을 선 가정주부들을 제외하면 거리는 한산했다.

문득 벽보가 한 장 눈에 띄었다. 아니, 한 장이 아니라 여러 장이었다. 벽보들은 알제리 알파 회사에서 쓰던 창고의 높직한 담장을 따라 다섯 개씩 짝을 지어 붙어 있었다. 멀리서 보니 검정색 잉크로 큼지막하게 쓰인 글자들이 마치 벽을 더럽히는 커다란 얼룩 같았다. 글자들이 가장 먼저 눈에 들어왔다.

이런 사람을 조심하시오!

그 밑에는 매부리코와 교활한 눈매에 험악한 인상을 한 사람이 그려져 있었다. 칙칙한 검은색 옷을 입은 그 사람은 범죄를 저지르고 나서 급히 달아나는 것 같은 동작을 취하고 있었다. 게다가 기다란 손톱이 달린, 갈고리 모양의 구부러진 손가락으로 금고를 움켜쥐고 있었는데, 벌어진 금고 틈으로 한 무더기의 금화가 쏟아져 내리고 있었다. 그리고 마치 그 자신이 달아나면서 떨어뜨린 듯한 붉은색 단어가 탈주로를 따라 선명하게 적혀 있었다.

유대 인

루이는 난생처음으로 유대 인의 초상화를 보았다. 바로 자신의 초상화, 아버지와 어머니의 초상화를.

루이 포드스키는 벽보를 한 장 떼어다가 둘둘 말아서 침대 밑에 감춰 두었다. 그리고 가끔씩 벽에 벽보를 붙이고는 험상궂게 생긴 생김새를 구석구석 관찰했다. 그런 다음에는 자기 손가락을 내려다보거나 코를 만져 보았다. 옷장 거울 앞에 서서 벽보 속의 인물이 취한 동작을 흉내 내 보기도 했다. 그리고 고요한 방 안에서 혼자 "유대 인…… 이런 사람을 조심하시오!"라고 중얼거렸다. 한번은 무쇠 다리미를 들고 있는 어머니의 모습에서 손에 금고를 움켜쥔 그 사람을 떠올리기도 했다.

루이는 거리로 나가 매부리코에 갈고리 모양의 손가락을 가진 사람을 찾아보기로 했다. 하지만 벽보 속의 인물과 닮은 사람은 하나도 없었다. 그러다가 딱 한 번, 험악한 인상에 뭔가를 찾는 듯 주위를 두리번거리는 남자와 마주친 적이 있었다. 남자는 손가락도 뭉툭하고 코도 납작했지만, 어딘지 모르게 벽보 속의 그 사람과 닮아 보였다. 게다가 귀중한 보물이라도 되는 양 두 팔로 서류 가방을 꽉 껴안고 있었는데 그 속에는 지폐 뭉치가 가득 들어 있을 것만 같았다.

　루이는 유대 인이 틀림없다고 생각하고 몰래 뒤를 밟기로 했다. 무슨 나쁜 뜻이 있어서라기보다는 그저 호기심이 발동해 무언가를 알아내고 싶었을 뿐이었다. 미행은 쉬이 끝나지 않았다. 그 사람의 걸음이 너무 빨라서 루이는 그를 놓치지 않으려고 뒤에 바짝 붙어 따라가야 했다. 남자는 시내를 거의 한 바퀴 돌고 나서야 어떤 건물의 높직한 현관으로 들어갔다. 루이는 유대 인이 누구인지 그 비밀이 곧 드러나리라고 확신하며 망설이지 않고 따라 들어갔다. 그리고 흔들거리는 계단을 따라 올라갔다. 사방이 어두컴컴했다. 한참을 올랐는데도 그 사람은 멈추지 않았다. 오히려 걸음을 더 재촉했는데 그럴수록 계단을 딛는 발자국 소리도 더 크게 울렸다. 루이는 발소리를 내지 않으려고 애를 쓰면서 뒤를 쫓았다.

갑자기 소리가 멈추면서 건물 전체가 다시 고요해졌다. 루이는 천천히 계단을 올랐다. 자기 자신의 숨소리, 심장 뛰는 소리, 목구멍으로 꾸르륵 침 넘어가는 소리가 들려왔다. 계단을 끝까지 오르자 너무 오래돼 벽토가 그대로 드러난 층계참이 나왔다. 미행을 당한 남자는 그곳에 웅크리고 앉아 사시나무 떨 듯 온몸을 떨고 있었다. 남자가 서류 가방을 내밀었다.

"이걸 가져가세요! 다 가져가세요! 제발 부탁인데, 날 고발하지 말아 주세요!"

어두워서 얼굴이 잘 보이진 않았지만 말소리로 보아 극도의 긴장 상태에 놓여 있는 게 분명했다.

"아저씨는 유대인이에요?"

루이가 목소리를 낮춰 말했다.

그 사람은 루이의 질문을 못 들은 것 같았다. 남자는 무언가 복잡한 사연을 급박하게 설명하려는 사람처럼 숨을 헐떡이며 횡설수설 말을 늘어놓았다.

"식량 배급 카드, 배급표, 전부 다 이 가방 안에 들어 있어요. 없어진 건 하나도 없어요. 아직은 아무것도 팔지 않았어요. 다른 건 손대지 않았다고, 다시는 그런 짓을 하지 않겠다고 전해 주세요……. 아니, 아무 말도 하지 말고 이걸 그냥 가지세요. 이걸 다 팔면, 몇천 프랑은 받을 수 있어요…….”

"그럼, 아저씨는 유대 인이 아니에요?"

루이가 다시 물었다.

그 남자는 들은 체도 않고 자기 말만 계속했다.

"제발 나를 고발하지 말아 주세요. 오! 제발 부탁합니다. 날 이해해 주세요. 사무실은 비어 있었고, 보는 사람도 없었어요. 그리고 배급 카드들은…….”

루이는 건물을 나왔다. 거리에서 유대 인을 찾아보려던 것도 그만두었다.

쉬는 시간에, 루이는 교실 칠판에 그 벽보를 붙여 놓았다. 벽보를 본 라브리 선생은 얼굴이 새파래지더니 아무 말도 하지 않고 서둘러 벽보를 치웠다.

새로운 포고령

독일군 사령부에서 내려 보낸 포고령이 공포되기 일주일 전, 도레미 선생이 포드스키네를 찾아와 그 소식을 미리 알려 주었다. 도레미 선생은 얼마 전부터 탄광촌으로 와서 포드스키 가족과 함께 식사를 하곤 했다. 그러나 이런 일이 언제부터, 어떤 계기로 시작되었는지 확실히 기억하는 사람은 없었다. 그냥 언젠가부터 도레미 선생의 탄광촌 출입은 자연스러운 일이 되었다.

도레미 선생은 한나가 만든 잼이나 오이지 같은 저장 식품을 특히 좋아했다. 게다가 그 지식인은 아브라함의 탄광 일에도 관심이 많았다. 열의가 얼마나 강했던지 식사 중에는 말하는 법이 없는 아브라함의 입을 열어 놓고야 말 정도였다.

어느 날, 도레미 선생은 루이에게 줄 악보를 한 아름 들고 왔다가 포드스키 부부에게 점심 식사를 초대받았다. 부엌에서 함께 식사를 하던 도레미 선생이 불쑥 말을 꺼냈다.

"이제 얼마 안 있으면 여러분은 저녁에 외출도 못하게 될 겁니다. 이 집을 완전히 떠난다면 모를까……."

포드스키 가족은 무슨 말인지 이해하지 못했지만, 개의치 않았다. 별 뜻 없는 말장난이려니 했던 것이다. 도레미 선생의 말솜씨는 일품이었다. 그래서 포드스키 가족은 제대로 알아듣지도 못하는 선생님 말씀을 받아 적으려고 애쓰는 학생처럼 공손한 태도로 이야기를 경청했다. 모두들 잠자코 밥을 먹고 있는데 한나가 도레미 선생이 전에 하다만 얘기를 다시 꺼냈다.

"루이의 피아노 실력은 좀 나아졌나요?"

도레미 선생은 잠시 동안 포크를 만지작거렸다. 선생의 얼굴에 기분이 언짢을 때 짓는 표정이 떠올랐다. 오직 루이만 아는 표정이었다.

"포드스키 부인, 내가 한 말을 못 알아들으시겠어요? 지금 피아노가 아니라 나치 이야기를 하고 있잖아요! 틀림없이 그들은 점점 더 끔찍한 짓을 저지를 거예요. 상황이 이렇게 명백한

데, 다들 자기 일이 아니라는 듯 모른 체하고 있어요!"

화가 난 도레미 선생이 자리에서 벌떡 일어서더니 부엌을 한 바퀴 돌았다. 포드스키네 세 식구는 깜짝 놀라서 입을 벌린 채 격렬하게 열변을 토하며 왔다 갔다 하는 도레미 선생을 바라보았다. 말을 마친 선생은 호주머니에서 구겨진 종이쪽지 한 장을 꺼냈다.

"이걸 읽어 봐요! 자, 어서들 읽어 보세요! 독일군 사령부에서 내려온 명령을 베껴 왔어요. 앞으로 며칠만 있으면 신문이나 게시판을 통해 정식으로 공포될 겁니다! 사태가 어떻게 돌아가고 있는지 아직도 모르겠어요? 여러분들은 기적이라도 일어나 주기를 바라고 있나요? 그리고 우리, 우리 프랑스 인들은 도대체 언제까지 이렇게 비겁하게 살아갈 건지! 양 떼, 우린 모두 양 떼들이에요!"

말을 마친 도레미 선생은 의자 등받이에 걸쳐 놓았던 반코트를 들고 밖으로 나가 버렸다!

포드스키 가족은 도레미 선생이 두고 간 쪽지를 집어 들었다. 급하게 휘갈겨 썼는지 글씨를 알아보기가 어려웠다. 모두들 눈을 크게 뜨고 쪽지를 읽었다.

1942년 2월

경애하올 총통 각하로부터 전권을 위임받은 본인은 다음과 같은 명령을 공포한다.

1. 유대 인은 저녁 8시부터 다음 날 아침 6시까지 집 밖으로 나가지 못한다.
1. 유대 인은 현 거주지를 바꾸지 못한다.

위의 명령을 어기는 경우, 구금이나 벌금형에 처해지거나 유대 인 수용소에 수용된다.

다음 날, 도레미 선생이 다시 찾아왔다. 선생은 포드스키 부부에게 정중히 사과한 다음, 루이에게 다시 한 번 극장에 데려가 주겠노라고 약속했다. 아브라함과 도레미 선생은 방 안으로 들어가더니 비밀 이야기라도 나누는지 한 시간도 넘게 틀어박혀 나오질 않았다. 루이는 도레미 선생이 가는 것도 보지 못했다. 그런데 도레미 선생을 배웅하고 부엌으로 들어온 아브라함의 안색이 좋지 않았다. 평소 거무스레하던 얼굴빛이 마치 병을 앓는 사람처럼 창백해졌던 것이다. 아브라함은 화덕으로 다가가 손바닥을 펴고 뜨거운 철제 화덕 위에서 불을 쬐었다. 아브라함은 그 자세로 한참을 꼼짝 않고 서 있었다.

"아빠, 괜찮아요?"

루이가 놀라서 물었다.

오랜만에 '아빠'라는 호칭을 듣자 아브라함은 정신이 번쩍 들었다. 그는 한참 동안 아들을 바라보다가 고개를 돌려 아내를 쳐다보더니 마치 낯선 곳에 온 사람처럼 부엌 안을 살폈다. 그러고는 천천히 말했다. 어린아이들에게 말하듯 단어 하나하나 똑똑히.

"사실 지금까지 난 아무것도 확신할 수 없었어. 하지만 이제는 모든 게 분명해졌어. 나치들은 우리를 몰살시키고 말 거야. 전부 다. 그자들은 피도 눈물도 없는 놈들이지. 도레미 선생님 말이 옳아. 우리는 양 떼나 다름없어. 그들은 서서히 우리를 말뚝에 묶어 놓겠지. 우리는 몽둥이를 휘두르며 다가오는 그자들을 멀뚱히 보고만 있을 테고……. 마치 도살장으로 끌려가기를 기다리는 양들처럼 말이야! 말뚝에 매인 채 얌전하게 있으라는 거지. 그래서 밤중에 집 밖으로 나가지도 못하게 하고, 마음대로 이사도 못하게 하는 거야. 더 이상은 가만히 있을 수 없어.

이제는 이곳을 떠나는 수밖에 없어."

"아빠, 손을 치워요."

루이가 낮은 목소리로 말했다.

아브라함에게는 그 말이 들리지 않는 듯했다. 아브라함의 얼굴빛은 여전히 창백했지만 화덕 위에 올린 손바닥은 불그스레한 벽돌 빛으로 변하고 있었다.

"그럼, 어디로 가요? 다른 곳엔 아는 사람 하나 없는데……. 광부인 당신이 어디 가서…… 도대체 뭘 해 먹고 살죠?"

한나가 말했다.

아브라함의 태도는 완강했다. 그는 고집스럽게 똑같은 말을 반복했다.

"이곳을 떠나야 해. 어디로 가야 할진 아직 모르지만 아무튼 이곳을 벗어나야 해. 여보, 아무도 그놈들의 미친 짓을 막지 못해요. 가만히 앉아 있다가 호락호락하게 당할 수만은 없는 일 아니오? 꼭 필요한 몇 가지 준비만 마치면 곧 떠나기로 합시다!"

"아빠, 얼른 손을 치워요. 손 데겠어요."

루이가 애원했다.

"우리는 그 살인자들이 보이지 않는 곳으로 갈 거요. 양 떼들은 곧 사방으로 흩어질 거야. 아! 그래, 처음으로 양 떼들이 달아나는 일이 벌어질 거야……."

아브라함은 고개를 끄덕여 가며 말을 계속했다.

루이가 다가가서 화덕 위에서 아버지의 손을 치웠다. 아버지의 손은 이미 벌겋게 달궈져 있었다.

그날 이후 아브라함은 야간작업이 없는 날이면 유대 인의 통행금지가 시작되는 저녁 여덟 시에 밖으로 나갔다. 그는 날씨가 좋든 나쁘든 늘 반코트나 두꺼운 회색 모직 외투를 걸치고 탄광촌을 배회하거나 시내로 갔다. 목적지도 없이 어슬렁거리는 아브라함의 이상한 습관 때문에 포드스키 가족은 탄광촌에서 더욱 따돌림을 받았다. 유대 인인 것도 모자라 이제는 미친 사람 취급까지 받게 된 것이다.

곧 떠난다고 생각하니 루이는 슬퍼졌다. 골목 구석구석까지 손바닥처럼 잘 아는 이 도시를 어떻게 떠나지? 근처 들판이며 숲이며, 어린 시절부터 최고의 놀이터가 돼 주었던 이곳들을 버려두고 가야 하다니 차마 발길이 떨어질 것 같지 않았다. 무엇보다도 마음이 아픈 건 '친구 카페'와 영영 이별해야 한다는 것이었다.

 루이는 어머니보다도 잔 아주머니와 이야기하는 게 마음이 편했다. 잔 아주머니와 루이는 서로를 믿고 남들 몰래 비밀스러운 일을 함께 하는 동안, 어느덧 친구이자 공모자가 돼 있었다. 루이는 독일군과의 일을 잔 아주머니에게 말하지 않았고, 아주머니도 루이가 카페에 있는 시간 외의 다른 생활은 모른 체해 주었다. '친구 카페'에 가면 집에서는 느낄 수 없는 평온함이 있었다.

 예전엔 꽤 수다스러웠던 어머니는 이제 서글픈 생각에 잠긴 채 하루 종일 멍한 얼굴로 말 한 마디 하지 않았다. 그녀는 집안일을 하는 동안에도 입을 꾹 다물었다. 아버지는 집에 붙어 있는 일이 거의 없었다. 탄광에서 일을 마치고 녹초가 되어 집에 돌아오면 몇 시간 정도 눈을 붙이고 나서 다시 밖으로 나갔다. 루이는 드문드문 얻어들은 몇 마디로 아버지가 피난 준비를 하고 있다는 것을 짐작할 뿐이었다. 아브라함은 노동조합 운동을 하다가 탄광에서 쫓겨난 옛 직장 동료들에게 도움을 구했다.

 그동안 루이의 활동 영역도 줄어들었다. 물랭 가의 독일군 사령부 지부를 마지막으로 찾아갔던 날, 루이는 사태가 훨씬 더 심각해졌다는 걸 깨달았다. 그날, 루이는 품질 좋은 독일제 커피가 든 보온병과 설탕 상자를 들고 사령부 지부로 갔다. 이상하게도 사람은 보이지 않고, 사다리 몇 개와 커다란 페인트 통들만 1층 홀의 한쪽 구석에 놓여 있었다. 무슨 공사를 하는지 실내엔 석회 가루가 자욱했고, 위층에서 시끄러운 소리가 들려왔다. 루이는 계단을 올랐다. 망치 소리가 어찌나 요란한지 귀가 먹먹했다. 양쪽으로 사무실이 있는 복도를 걸어가다가 한 사무실의 문을 열었더니 페인트공 두 사람이 너덜너덜해진 벽지와 페인트 부스러기들을 긁어내고 있었다. 그중 한 사람이 뒤도 돌아보지도 않고 볼멘소리로 말했다.

"여긴 아무도 없어!"

"독일군들은 다 어디 있어요?"

루이가 물었다.

그 사람의 목소리가 더욱 퉁명스러워졌다.

"독일군들은 찾아서 뭐하게?"

"저는…… 커피를 가져왔거든요……. 잔 아주머니가……."

그 사람이 말을 가로막았다.

"그래, 그래. 아무튼 나는 모르는 일이니까…… 옆방에 가 봐라. 한 사람이 남아 있을 거야."

더 이상 할 말이 없다는 듯 그는 손을 더욱 바삐 움직였다.

루이는 옆방으로 가서 문을 두드렸다.

"Herein(들어와)!"

루이에게는 낯설지 않은 독일 말이었다. 방 안에는 프란츠 훙거가 있었다.

"아! 우리의 친구, 유대 인 꼬마 녀석이네! 네 친구인 도레미 선생, 그 테러리스트에 관한 정보를 제공하기로 마침내 결심한 거냐?"

"커…… 커피를……."

루이는 말을 더듬거렸다.

프란츠 훙거는 큰 소리로 웃음을 터뜨렸다. 웃음소리가 텅 빈 방 안에 크게 울려 퍼졌다. 방 안에는 책상 하나만 덩그러니 놓여 있었다. 서류함에 있던 물건들도 벌써 다 꺼내 갔는지 서랍도 열어젖혀진 채였다.

"커피라고! 이제 '친구 카페'의 커피를 마실 사람은 없어! 우린 모두 러시아 전선으로 떠날 거야!"

중위가 이죽거리며 말을 계속했다.

"그래서 나 프란츠 홍거 중위도 지금 살림을 정리하는 중이지!"

실제로 그는 서류를 정리하면서 잡다한 물건들을 양편으로 나눠 놓고 있던 참이었다. 그가 책상 위에 놓인 손목시계를 가리키며 말했다.

"한 시간 내로 모든 걸 끝마쳐야 해! 먼저 베를린으로 갔다가 러시아로 떠날 거야!"

중위는 자기 앞에 놓인 책상뿐만 아니라 방 안 여기저기에 흩어져 있는 페인트 통들까지도 감쌀 듯이, 팔을 치켜 올려 커다랗게 원을 그렸다.

"하지만 너무 걱정할 필요는 없어. 사령부에서 이 건물 전체를 깨끗이 수리하고 나면, 후임자들이 여기서 팔자 늘어진 생활을 할 테지. 우리가 모스크바 근처에서 공산주의자들에게 개죽음을 당하는데도 말이야!"

바로 그때, 흰색 작업복을 입은 일꾼 세 사람이 들어오는 바람에 홍거 중위는 말을 멈췄다. 그들은 작업 도구를 들고 있었다. 페인트공들을 보자 떠날 시간이 임박했음을 실감했는지,

중위는 분노를 터뜨렸다. 그는 울부짖듯이 소리쳤다.

"왜 내가 전방으로 가서 개죽음을 당해야 하지? 너 같은 유대 놈들은 배가 터지게 잘 먹고 잘 사는데 말이야! 유대 놈들은 번식력도 대단해서 앞으로 전 세계를 오염시키고 말 거야!"

프란츠 홍거 중위는 소파에 털썩 주저앉았다. 그러고는 한쪽 귀퉁이가 찢어진 사진 한 장을 내밀었다. 루이는 무표정한 얼굴로 가만히 서 있었다. 사진에는 생일 케이크의 촛불을 불어 끄고 있는 어린 사내아이의 모습이 흐릿하게 보였다. 프란츠 홍거가 말을 툭 내뱉었다.

"내 아들 루돌프야. 여덟 살이지! 아직 아빠가 필요한 나이인데, 아빠는 러시아에서 죽음을 당하겠지! 그러는 동안, 유대 인인 넌 '친구 카페'를 드나들며 아무 일 없이 살아갈 테고, 네 아비는 다른 유대 놈들처럼 더러운 짓거리로 주머니를 두둑이 불리겠지!"

독일군 장교의 창백했던 두 뺨이 증오심에 불타 벌게짐과 동시에 푸르죽죽하게 변한 입술에서 독설이 터져 나왔다. 페인트 공들은 아무것도 못 들은 척 도구들만 만지작거렸다.

그런 장면을 바라보는 루이 포드스키는 중위의 태도가 두렵

다기보다는 역겹게 느껴졌다.

프란츠 홍거는 창가로 가서 창문을 열었다. 그러고는 잠시 창틀에 팔꿈치를 괸 채 밖을 내다보았다. 홍거 중위가 촘촘히 늘어선 지붕들을 보며 생각에 잠겨 있는 사이 페인트공들은 슬며시 밖으로 나갔다. 문득 중위가 뒤를 돌아보며 둔탁한 목소리로 말했다.

"헛된 희망은 일찌감치 버리는 게 나을걸. 우리는 너희들을 박살 내 버릴 거야! 적어도 10년 후면 유럽에는 유대 인이 단 한 놈도 남아 있지 않을 테니, 두고 봐! 얼마 남지 않은 시간 동안 잘 지내기 바란다, 친구! 시간이 얼마 남지 않았어! 이제 그만 가 봐! 45분 후에 베를린행 열차가 출발하기로 돼 있어."

루이 포드스키는 바구니를 내려놓고 뒷걸음질로 문까지 갔다. 막 문지방을 넘으려는데 프란츠 홍거의 말소리가 들려왔다. 그는 움켜쥔 주먹을 내보이며 소리쳤다.

"잊지 마. 박살 내 버린다는 내 말을!"

거리를 걷는 동안에도 중위가 주먹을 흔들어 대며 소리치던 모습이 머릿속을 떠나지 않았다. 그래, 프란츠 홍거가 이겼어! 어떻게 그 말을 잊겠어?

그날, 사무실을 떠날 때까지 끝내 찾지 못한 손목시계와 지갑과 안경이 페인트 통 안에 버려져 있다는 사실을 혹시 알았더라면, 프란츠 훙거 중위 역시 루이 포드스키가 마지막으로 지부 사무실을 찾아왔던 그날을 결코 잊지 못했을 것이다.

다윗의 별

제1조 | 유대 인 식별 표지

1. 만 6세 이상의 유대 인은 별 모양의 유대 인 표지를 달지 않고서는 밖에 나다닐 수 없다.

2. 유대 인 표지는 손바닥만 한 노란색 천에 테두리가 검은 육각의 별이 새겨 있고, 검은색으로 '유대 인'이라는 글자가 쓰여 있다. 이 표지는 눈에 잘 띄도록 상의 왼쪽 가슴에 바느질로 단단히 부착해야 한다.

제2조 | 형사상 처벌 규정

위의 명령을 어기는 경우에는 구금과 벌금형에 처한다. 그리고 유대 인 수용소 강제 억류 등 특별 징계가 추가될 수 있다.

제3조 | 발효 시기

위의 명령은 1942년 6월 7일부터 공식 발효된다.

프랑스 점령군 사령관

경고!

유대 인은 경찰서나 해당 지역 행정 기관에 출두하여 위의 명령 제1조에 규정된 별 모양의 표지를 수령해야 한다. 한 사람당 세 개씩 수령하며, 그 대신 직물 배급 카드에서 1점을 삭제한다.

경찰청장 및 SS(나치 친위대)

모든 유대 인은 육각형 모양의 '다윗의 별'을 새긴 유대 인 식별 표지를 달고 다녀야 한다는 포고문이었다.

"난 그걸 달지 않을 거야."

루이가 말했다. 속에서 분노가 치밀어 올랐지만 내색하지 않으려고 애를 썼다.

루이는 눈을 부릅뜨고 어머니를 똑바로 바라보았다. 어머니가 명령대로 경찰서에 출두하리라는 걸 잘 알면서도…….

"아무렴. 사람한테 그런 걸 달고 다니라는 법은 없어. 도살장에 끌려가는 짐승들이나 다른 짐승들과 구별하려고 그런 식으로 표시하는 법이지."

아브라함이 말했다. 목소리는 차분했지만 그의 갈색 눈동자에는 증오의 빛이 역력했다.

"프랑스 사람들이 가만있지 않을 거예요. 내일부터 거리에서 사람들이 시위를 벌이고, 신문에는 항의 글들이 올라올 거예요. 또……."

한나는 심한 충격을 받은 듯 중얼거렸다.

아브라함이 말을 가로막았다.

"천만에! 아무 일도 일어나지 않을 거야! 예정대로 우리는 3,

4주 뒤에 떠나. 7월 14일* 이전에 떠날 수 있으면 좋겠지. 준비는 다 끝나 가고 있어. 먼저 샤롤이란 작은 도시로 갈 거야. 그곳에는 우릴 알아보는 사람이 없을 테니까. 나는 기숙사에서 야간 경비원 일을 하기로 했어."

"난 그걸 달지 않을 거야! 절대로 달지 않을 거야!"

루이가 같은 말을 되풀이했다.

루이는 턱을 덜덜 떨면서 마치 더러운 얼룩이라도 발견한 양 식탁보를 뚫어져라 내려다보았다.

---

*프랑스 대혁명 기념일. — 옮긴이

한나의 노래

마침내 7월이 되었다. 마치 세상에는 전쟁이라는 게 존재하지도 않는 것처럼, 그리고 행복이라는 축복이 온 세상에 내린 것처럼 모든 게 평온했다.

루이는 헐렁한 푸른색 앞치마를 두른 채 '친구 카페'의 카운터 뒤에 앉아 있었다. 요즘 들어 카페에는 얼씬도 않는 주인아저씨를 대신해 손님 접대를 담당하는 정식 웨이터에 지배인 일까지 도맡아 하게 되었던 것이다.

하루하루 별반 다를 게 없는 단조로운 일상이 지속되었다. 똑같은 단골손님들이 늘 똑같은 시간에 와서 똑같은 음료를 주문했다. 루이는 젖은 행주로 대리석 탁자를 닦고 나서 카드를 갖다 놓은 다음 씁쓸한 맛이 가미된 석류 시럽이나 맥주를 손님에게 갖다 주었다. 잔 아주머니가 무슨 수를 썼는지 간혹 구하기 어려운 아페리티프나 리큐르 술이 테이블에 오르는 일도 있었다.

독일군들이 물랭 가를 떠난 뒤로는 술을 구하기가 더욱 어려워졌다. 그렇지만 가끔 뒤쪽 골방에서 한 박스씩이나 되는 코냑이나 아르마냑이 눈에 띄는 일이 있었다. 틀림없이 주인아저씨가 카페에는 얼씬도 하지 않고 바깥으로 '바쁘게' 나돌아 다닌 결과였다. 카페 손님들은 다른 곳에서는 구경조차 힘든 값비싼 술을 홀짝거리면서도 누구 하나 놀라워하거나 의아해하지 않았다.

유대 인들이 노란색의 별 모양 표지를 달고 다녀야 한다는 나치의 명령이 공포된 뒤로 비엘로 씨는 더욱더 따돌림을 받았다. 그래서인지 그는 루이 포드스키를 잠시도 가만두지 않았다.

"그렇게라도 해야 누가 누군지 알아볼 수 있지!"

비엘로 씨가 큰 소리로 말했다.

"당신은 멀리서도 유대 인을 알아볼 수 있다고 말했잖소?"

도레미 선생이 이죽거렸다.

"오! 당신 같은 지식인들은 틈만 나면 남을 가르치려 들지. 당신들의 그 대책 없는 동정심이라니! 쯧쯧! 감히 누가 그걸 말리겠소? 잔 아주머니, 유대 인들에게 별 표지를 달게 한 건 참으로 기발한 생각 아니오?"

술병을 닦고 있던 잔 아주머니가 동작을 멈췄다. 개수대를 빠져나온 아주머니의 통통한 팔에서 물이 뚝뚝 흘러내렸다. 아주머니는 젖은 손으로 얼굴을 감쌌다. 아주머니의 말소리는 거의 들리지 않을 정도로 희미했다.

"비엘로 씨, 때때로 난 차라리 신이나 악마가 되어 버렸으면 좋겠다는 생각이 들어요……."

"어이! 쌍둥이 형제, 당신들 생각은?"

질문을 받고 서로를 바라보던 쌍둥이 형제 중 하나가 먼저 입을 열었다.

"구역질 나는 일이죠."

"그래, 구역질 나는 일이야."

다른 한 사람이 서둘러 말을 끝냈다.

그때 쇼노 씨가 목발을 쳐들었다.

"1914년에 다리 하나를 잃은 나로선……."

그는 말을 하다가 그만두었다. 그리고 그 후로 다시는 카페에 나타나지 않았다. 다른 손님들도 비엘로 씨를 피했다. 비엘로 씨는 한쪽 구석에서 홀로 시간을 보냈다. 그는 짜증스러운 얼굴을 하고 상아로 된 주사위를 던졌다. 하지만 이젠 주사위 놀이에도 흥미를 잃은 듯했다. 루이는 문득 그가 불쌍하다는 생각이 들었다. 자기를 멀리하는 사람들에게 호의를 구걸하면서 주사위를 만지작거리는 노인이 딱해 보였던 것이다. 그래서 유대 인인 루이는 반유대주의자와 벗하여 주사위 게임을 함께 해 주었고, 게임을 하는 동안 반유대주의자가 지껄이는 악의에 찬 하소연도 군말 없이 들어 주었다.

7월 10일 금요일, 루이는 도무지 주사위 게임을 할 기분이 나지 않았다. 바로 내일이면 이 도시를 영영 떠나야 하기 때문이었다. 아브라함은 모든 준비를 끝냈고, 포드스키 가족은 다음 날 새벽에 짐 가방 두 개만 들고 떠나기로 했다. 한나는 어떤 물건을 가져가야 할지 생각해 보려고도 하지 않았다.

"무슨 소용이람! 우린 폴란드를 떠나올 때보다도 더 가난해졌는데."

루이는 잔 아주머니에게도 떠난다는 사실을 알리지 않았다.

물론 다른 단골손님들에게도 마찬가지였다. 그 사실을 알고 있는 사람은 도레미 선생 하나뿐이었다. 그래서 7월 10일 금요일 그날, 루이는 유리잔을 닦으면서도 도무지 흥이 나지 않았고, 손님들이 부르는 소리에도 시큰둥하게 대답했다.

"룰루, 오늘은 기분이 좋지 않은 모양이구나, 어디 아프니?"
잔 아주머니가 걱정스러운 얼굴로 물었다.

루이는 얼른 정신을 차리고 열심히 그릇을 닦는 척했다.
"아니에요. 괜찮아요."

"정말이야? 몸이 편치 않으면 집에 가서 쉬렴. 내일은 네가 겨울철에 쓸 장작을 패 줘야 할 텐데……. 몸이 좀 괜찮아지면 내일 아침 일찍 오너라."

루이의 얼굴이 창백해졌다.

"내일은……. 아주머니, 지금 집에 가도 돼요? 속이 좀 좋지 않네요."

"그래? 내가 보기에도 어디가 좀 불편한 것 같았어. 가여운 아이……."

아주머니가 말을 끝내기도 전에 루이는 밖으로 나와 버렸다. 허리에 두른 푸른색 앞치마도 풀지 않은 채 거리를 걷던 루이는 몇백 미터쯤 걸은 뒤에야 비로소 그 사실을 깨달았다.

　루이는 목적지도 없이 천천히 발걸음을 옮겼다. 거리는 한산했다. 루이는 '친구 카페'에 태연스레 눌러앉아 있을 수도 없었고, 집에 일찍 들어가기도 싫었다. 입을 꾹 닫아 버린 아버지와 온종일 훌쩍거리는 어머니, 침울한 집안 분위기는 정말 참기 힘들었다. 게다가, 끈으로 단단히 묶은 두 개의 짐 가방이 복도 한가운데에 떡 하니 버티고 있는 걸 볼 때마다 떠날 시간이 얼마 남지 않았다는 생각에 마음이 여간 착잡한 게 아니었다.
　루이는 티에르 공원을 둘러싼 철책을 따라 걸었다. 공원 정문 위에 내걸린 현수막이 시선을 끌었지만 루이는 재빨리 눈을 다른 데로 돌렸다. 그날은 '유대인 출입 금지'라는 혐오스러운 글귀를 보아도 아무런 느낌이 없었다. 평소에는 일부러 보란 듯이 티에르 공원을 가로질러 갔으나 그날은 그렇게 하고 싶지 않았다.
　루이 포드스키는 자기도 모르는 새에 탄광촌을 향하고 있었다. 시내를 가로지르는 간선 도로인 카르노 가를 건너 아바투아르 거리를 지난 다음 운하를 따라 몇백 미터쯤 걸었다. 그날 따라 낚시꾼들도 보이지 않았고, 거룻배 사공들의 외침 소리도 들리지 않았다. 루이의 걸음걸이는 마치 로봇 같았다. 그러다 보니 지나가는 행인들과 자주 부딪쳤고, 자전거를 타고 가는 사람들이 놀라서 급브레이크를 밟기도 했다.

탄광촌은 버려진 마을처럼 고요했다. 근무 시간이 된 광부들은 이미 일하러 가고, 근무를 마친 광부들은 잠에 곯아떨어져 있을 시간이었다. 이맘때면 탄광촌의 주부들은 한가로운 틈을 이용해 잠시 휴식을 취하고, 어린 꼬마들은 운하에서 물장난을 치고, 좀 더 큰 아이들은 물고기를 잡으러 제법 멀리 떨어진 강으로 갔다.

그런데 그날 집 앞으로 통하는 골목에 접어들었을 때 루이가 부모님을 알아보지 못한 건 무슨 이유였을까? 그때 아브라함과 한나는 낯선 사람 둘과 함께 마당에 있었다. 모든 게 평소와는 달랐다. 낯선 사람들이 집에 와 있는 것도 그렇고, 남들 눈에 잘 띄지 않는 뒤뜰이라면 모를까, 비좁은 앞마당에는 거의 나오지 않는 아브라함과 한나가 마당에 서 있는 것도 이상했다. 네 사람이 마치 연극 무대의 배우들처럼 꼼짝 않고 서 있는 광경은 그 자체로 어떤 신호가 되기에 충분했다. 그들은 장기판

위의 장기짝처럼 아무 말 없이 서로를 마주보고 서 있었다.

그런데도 루이는 집에서 누군가가 자기를 기다리고 있다는 사실을 알아차리지 못했다. 그는 꼭두각시처럼 아무 생각 없이 곧장 집을 향해 걸었다. 몸은 이미 탄광촌에 와 있었지만 머리는 온통 '친구 카페' 생각뿐이었던 것이다.

그러나 정신이 번쩍 든 건 한순간이었다! 집에서 40보쯤 떨어진 곳에 이르렀을 때 들려오기 시작한 노랫소리가 순식간에 마비되었던 감각들을 되살려 놓았던 것이다.

하지만 사태가 어떻게 돌아가고 있는지 파악하는 데에는, 눈이 제 기능을 발휘하는 데에는, 걱정하던 일이 마침내 눈앞의 현실로 닥쳐왔다는 사실을 똑똑히 인식하는 데에는, 아직 몇 초의 시간이 더 필요했다. 마치 부조리극의 한 장면처럼 코믹하고도 어처구니없는 장면이 시야에 들어왔다. 부모님이 마당에서, 그것도 낯선 사람들 앞에서 입을 모아 노래를 부르고 있었던 것이다. 사람들은 어이가 없다는 듯 어리둥절한 표정을 짓고 있었다. 덧문들이 열리더니 창문 사이로 낯선 얼굴들이 나타났다. 노랫말이 점점 더 똑똑히 들려왔다. 그 순간, 루이는 마치 누군가 뒤통수를 후려치는 것 같은 전율에 휩싸였다.

체리가 빨갛게 익을 때면
장난기 많은 티티새들은
더욱더 소란스럽게 지저귀겠지요.
……

누군가가 소리쳤다.
"저 노래는 신호야! 아이가 근처에 와 있어!"
경찰관이 마당 앞문을 뛰어넘었다. 하지만 그 골목을 자기 손바닥처럼 잘 알고 있는 루이 포드스키를 따라잡을 수는 없었다. 루이가 마지막으로 본 건 부모님이 서로를 얼싸안고 있는 흐릿한 장면뿐이었다. 그게 부모님의 마지막 모습이었다.

그 후에.
그 뒤에는 어떤 일이 일어났을까? 루이는 오후 내내 발길 닿는 대로 시내를 헤맨 것 말고는 무얼 했는지, 어디를 갔는지 아무 기억이 없었다. 눈물이 나오진 않았지만 모래알이 들어간 것처럼 눈이 몹시 따가웠다. 온몸이 얼음장처럼 차가웠다. 날이 어두워지자 루이는 남의 눈을 피해 몰래 탄광촌으로 숨어들어가 낮은 담장 뒤로 몸을 숨겼다. 계절은 벌써 초여름이라 밤 공기가 포근한데도 이빨이 덜덜 떨렸다. 이웃집에 사는 아르노 부인이 덧문을 닫으려고 창문을 열다가 루이를 발견했다.

"애야, 거기 있으면 안 돼. 독일군들이 너희 집을 지키고 있어. 네가 돌아오기를 기다리는 거야."

"……."

"얼른 여길 떠나야 해. 여긴 너무 위험해. 어딘가에 널 돌봐 줄 사람이 있을 거야."

"……."

아르노 부인은 어깨를 으쓱하고는 덧문을 닫고 안으로 들어가 버렸다.

루이는 한 시간 남짓을 더 머물렀다. 부모님의 노랫소리가 들려왔다. 루이도 마음속으로 그 노래를 따라 불렀다. 노래는 끝없이 계속되었다.

**체리가 빨갛게 익을 때면
명랑한 꾀꼬리들……**

노래는 끝날 줄을 몰랐다.

지칠 대로 지친 루이는 한밤중이 되어서야 잔 아주머니의 집을 찾았다. 대문을 두드리자 아주머니가 잠옷 바람으로 내려와 문을 열어 주었다. 루이는 울음을 터뜨렸다. 잔 아주머니는 아무 말 없이 루이를 카페 안으로 데리고 들어가 가슴에 꼭 안아 주었다. 따뜻하고 향긋한 아주머니의 품속에 안기자 루이의 몸도 차츰 온기를 되찾아 갔다. 이빨이 딱딱 마주치는 소리가 멈추자 루이는 그날 있었던 일을 아주머니에게 털어놓았다. 인조 가죽을 씌운 긴 의자에 누워 팔베개를 한 채 시작한 이야기는 밤늦도록 이어졌다. 깜깜한 어둠 속에서 자명종이 새벽 두 시를 알렸다. 그리고 한참 후에 세 시를 알리는 소리가 울렸다. 몸살이 났는지 여기저기 쑤셨지만 루이는 이야기를 끝까지 마쳤다. 이야기가 끝나자 잔 아주머니가 말했다.

"어제 저녁에 도레미 선생도 체포되었단다. 도레미 선생은 레지스탕스 활동에 참여하고 있었어."

갑자기 자명종의 째깍거리는 소리가 머릿속을 뒤흔들었다.

"그렇군요. 이제 전 혼자가 됐어요. 살고 싶은 마음이 없어요."

루이가 힘없이 중얼거렸다.

아주머니가 루이의 손을 가볍게 잡았다.

"룰루?"

"예?"

"내 말을 믿어도 좋아. 네 부모님은 반드시 돌아오실 거야. 착한 룰루, 내 말을 믿지? 내 말을 믿어야 해."

잔 아주머니가 말했다.

루이 포드스키는 곧 잠이 들었다.

루이는 털털거리는 낡은 소형 트럭을 타고 어디론가 가고 있었다. 옆에서는 투덜거리는 게 몸에 밴 늙수그레한 남자가 트럭을 몰고 있었다. 루이가 안전한 곳으로 피신할 수 있도록 잔 아주머니가 손을 썼던 것이다. 그 남자는 하루에도 몇 차례 분계선을 넘나들 수 있는 허가증을 소지하고 있었다. 검문소에 이르자, 독일군 보초병들이 '로베르 씨'라 부르며 인사를 건넸다. 농담까지 주고받는 걸로 보아 서로 잘 아는 사이인 것 같았다. 트럭 운전수는 목소리를 낮춰 설명했다.

"아이를 데려가야 해. 이젠 이 일도 지겨워."

그러고는 곧 출발했다. 더 이상의 절차가 필요치 않은 모양이었다. 트럭은 쥐라 지방을 향하고 있었다. 어디로 가는지는 잔 아주머니에게 들어 잘 알고 있었다.

"내 친구 하나가 거기 사는데 유대 인 아이들을 세 명이나 데리고 있어. 마을 사람들도 알고 있지만 다들 모르는 척해 주는 모양이야. 그곳에 가 있으면 당분간은 괜찮을 게다. 몇 달 있다가 내가 다시 가서 좀 더 안전한 곳을 찾아 줄게. 전쟁이 끝나면 네 부모님도 돌아오시겠지만……."

잔 아주머니는 거짓말을 하고 있었다. 왜 그런지 알 수는 없었지만 루이는 부모님이 다시는 돌아오지 못할 거라는 예감이 들었다. 트럭은 벌써 한 시간 남짓을 달리고 있었다. 로베르 씨는 루이에게 한 번도 말을 걸지 않았다. 귀찮은 짐을 얼른 벗어 버리고 싶은 마음뿐인 것 같았다.

이윽고 마을 입구에 이르렀다. 흐릿한 흰색 글씨로 '라옹'이라고 적힌 파란색 표지판이 눈에 띄었다.

"여기야."

로베르 씨가 트럭을 멈추며 말했다.

"이걸 받아라. 잔 아주머니가 맡긴 편지인데 농장 사람들에게 전해 주거라. 난 이제 그만 돌아가야 해. 이곳 사람들 눈에 자주 띄어서 좋을 게 없거든. 여기는 트럭이 잘 다니지 않는 길이라 발각되기가 쉬워."

루이가 손가락 끝으로 편지를 받았다.

갑자기 로베르 씨의 말소리가 거칠어졌다.

"짐 가방도 여기 있다! 더 이상은 해 줄 게 없구나! 이 도로를 죽 따라가다가 갈림길이 나오면 포장이 되지 않은 길로 가거라. 그 길로 조금만 더 걸어가면 집들이 보일 거야. 걱정할 필요는 없다. 그 길은 막다른 길이고, 농장은 하나밖에 없으니까."

로베르 씨가 트럭 문을 열어 주었다. 잠시 후, 루이는 짐 가방을 땅바닥에 내려놓은 채 길가에 우두커니 서 있었다. 트럭은 벌써 왔던 길을 되돌아 저만치 가고 있었다.

루이 포드스키는 편지 봉투를 열었다.

사랑하는 뤼시,

아이를 잘 부탁해. 로베르가 아이의 사연을 다 이야기해 줄 거야. 그 가엾은 사람들에게 무슨 죄가 있다고 그런 일을 겪게 하는지 모르겠구나. 어쩌면 그 아이는 부모를 다시 못 볼 지도 몰라. 유대 인이라는 이유 하나 때문에……. 정말 끔찍한 일이야.

　루이는 내게 자식과도 같아. 내가 한평생 가져 보지 못한 아들처럼 말이야. 그래서 만일 아이의 부모가 돌아오지 못하면 그 아이를 내 아들로 삼으려 해. 지금도 난 그 애의 엄마야.

　아이를 잘 달래 주렴. 부탁이야. 어쩌다 세상이 이 지경이 되었는지 모르겠구나.

자네트

　루이 포드스키는 무거운 짐 가방을 들고 농장을 향해 걸었다. 길가에 늘어선 미루나무들 사이로 저 멀리 길쭉한 모양의 농가가 눈에 띄었다.

　그러나 한가롭게만 보이는 미루나무들 뒤에는 검정색 군용 트럭이 감춰져 있고, 트럭 뒤에는 대여섯 명쯤 되는 헌병들이 앉아 있었다. 그 전날 밤, 농장에 유대 인 아이 셋이 숨어 있다는 익명의 투서가 경찰서로 날아들었던 것이다. 예기치 못했던

네 번째 유대인 아이, 루이 포드스키는 1942년 7월 16일 목요일에 뤼시 라디오트 부인의 농장에서 체포되었다.

| 지은이의 말 |

내 영혼에 말을 했던 스트루토프의 안내인을 기억하며

1953년, 그때 나는 열 살이었다. 알자스 지방에 있는 스트루토프 유대 인 수용소는 2차 대전 당시 모습 그대로 남아 있었다. 그날은 그 수용소에 강제 수용되었던 분이 안내를 맡아 주었다. 관람객들은 대부분 어른들이었다. 안내원은 관람객들을 쳐다보다가 "꼬마야, 이리 온."이라고 말했다. 그 꼬마가 바로 나였다.

그분은 내 손을 잡고 비극의 현장을 순례하기 시작했다. 관람이 끝날 때까지 그분은 나만 쳐다보며 설명을 했다. 내게 모든 걸 알려 주려는 듯이 장소 하나, 설명 한 마디 빼놓지 않았다. 나는 그분을 따라 가스실과 유대 인들의 숙소였던 가건물들 안으로 들어가 보고, 교수대 앞까지도 가 보았다. 이윽고 시체 소각로 앞에 이르렀다. 그분의 설명은 간결하지만 명확했다. 말을 하는 동안, 그분은 어떠한 감정도 내비치지 않았고 어조도 무뚝뚝했다. 눈앞에 펼쳐진 광경, 그분의 설명 내용, 모두가 충격적이었다. 그에게 손을 붙들린 나는 꼼짝없이 듣고 있을 수밖에 없었다. 하지만 밖으로 달아나 버리고 싶다는 생각은 들지 않았던 것으로 기억한다. 오히려 내가 그분의 손을 더 힘껏 붙잡고 있었다.

관람이 끝나자, 그분은 우리를 수용소 입구까지 데려다 주었다. 그 안내원은 나를 향해 몸을 구부리며 "잘 가거라, 꼬마야."라고 인사를 했다. 그리고 다른 사람들에게는 인사 한 마디 없이 안으로 들어가 버렸다.

장 폴 노지에르

| 옮긴이의 말 |

평화와 관용을 위하여

　1차 세계 대전 후 독일 사회가 불안과 혼란에 휩싸인 틈을 타 정권을 잡은 나치 정권은 자신들의 정치적 입지를 강화하려고 소수 민족인 유대 인에 대한 증오심을 부추기는 정책을 폅니다. 그리고 2차 대전을 일으켜 프랑스를 비롯한 유럽 각국을 점령한 뒤 유럽 전 지역에서 유대 인 말살 정책을 추진합니다. 이른바 '홀로코스트'로 불리는 유대 인 대학살에서 숨진 사람은 육백만 명에 이르는 것으로 알려져 있습니다. 자신들이 왜 그런 일을 겪어야 하는지 전혀 이해하지 못한 채로 말입니다. 『한나의 노래』는 2차 대전 당시 프랑스의 손에루아르 지역을 무대로 반유대주의로 대변되는 편 가르기와 타인에 대한 일상적 적의, 군중 심리가 어떻게 인간의 삶을 파괴할 수 있는지 보여 주는 작품입니다.

유대 인 박해를 피해 폴란드에서 프랑스로 이주한 포드스키 부부는 아들 루이만큼은 유대 인으로 키우지 않기 위해 유대 전통도, 유대교도 무시하고 살아갑니다. 그러던 어느 날 독일군이 프랑스를 점령하자 포드스키 부부는 아들 루이에게 유대 인이라는 것을 알려 주며 그 사실이 알려지지 않도록 조심하라고 당부합니다. 자신을 유대 인이라고 생각해 본 적도 없고, 유대 인이 뭔지도 모르던 루이는 그날 이후 심한 혼란에 빠집니다.

'유대 인은 누구지? 유대 인이어서 뭐가 잘못됐다는 거지? 사람들은 왜 유대 인을 미워하는 거지?……'

그때부터 이야기가 끝나는 1942년 7월까지 2년 동안 루이는 유대 인이 누구인지, 유대 인이 왜 차별과 모욕을 당해야 하는지 이해하려고 애씁니다. 그러나 부모님도, 자유 지역으로 탈출하려는 유대 소년 마르크도, 루이의 이 질문에 대답하지 못합니다. 뿐만 아니라 유대 인이라면 한눈에 알아볼 수 있다고 호언장담하는 반유대주의자 비엘로 씨는 이야기가 끝날 때까지 소년 루이와 마주앉아 태연하게 주사위 게임을 합니다. 유대 인 자신이나 유대 인을 미워하는 사람들이나 유대 인이 다른 사람들과 어떻게 다른지 모르기는 마찬가지였던 거지요.

이런 혼란스러운 상황에서 사람들은 너무나 쉽게 유대 인들을 박해하는 편에 서고 맙니다. 무엇이 진실인지, 왜 그래야 하는지 생각하는 대신 무조건 내 편과 네 편을 가르고, 네 편을 박해하는 것입니다. 학교에서 루이를 궁지에 몰아넣는 라브리 선생과 포드스키 가족을 적대시하고 멸시하는 탄광촌 사람들의 적의는 점차 루이 일가를 파국으로 몰고 갑니다. 성실한 광부

였던 아브라함 포드스키는 미친 사람처럼 혼잣말을 중얼거리며 탄광촌을 배회하고, 한나는 삶의 의욕을 잃어버리고, 해맑은 장난꾸러기 소년 루이의 마음에는 증오심이 솟아오릅니다.

바로 그날, 루이의 마음속에 아주 작은 증오의 씨앗이 움트기 시작했다. 마치 몸속에서 악성 종양이 생겨나는 것처럼. 자기 가족을 불행하게 만든 원흉이 누군지, 마음껏 분풀이할 대상이 누군지 알 수 없다는 것이 루이를 더욱 힘들게 했다.

『한나의 노래』는 2차 대전 당시 독일군이 점령했던 유럽의 모든 지역에서 유대 인들이 겪어야 했던 이야기입니다. 중학교에서 지리와 역사를 가르친 적이 있는 작가 노지에르는 이 작품을 통해 그 시대의 역사를 있는 그대로 생생하게 들려줍니다. 그리고 루이의 천진난만한 미소와 걷잡을 수 없는 분노를 통해 우리에게 묻습니다. 우리는 어떻게 하고 있느냐고. 혹시 종교가 다르다고, 피부색이 다르다고, 나와 다르다고, 누군가를 반대편에 놓고 적대시하거나 무시하거나 외면하고 있지는 않느냐고. 이 작품이 독일군 점령지와 자유 프랑스의 경계 지역에 자리한 손에루아르의 가상 도시를 무대의 배경으로 삼은 건 우리가 살아가는 자리가 어디든 매순간 무엇이 옳고 그른지 판단하고 선택해야 하는 경계의 자리에 있다는 것을 상징하는 것인지도 모릅니다.